山东文化体验廊道故事丛书·下编

泰安
历史文化故事

TAIAN LISHI
WENHUA GUSHI

总编纂　王志民

主　编　郭朋朋

山东文艺出版社

图书在版编目（CIP）数据

泰安历史文化故事 / 郭朋朋主编 . — 济南：山东文艺出版社，2023.9
（山东文化体验廊道故事丛书）
ISBN 978-7-5329-6983-8

Ⅰ . ①泰… Ⅱ . ①郭… Ⅲ . ①历史故事—作品集—中国 Ⅳ . ①I247.81

中国国家版本馆CIP数据核字（2023）第153087号

泰安历史文化故事
TAIAN LISHI WENHUA GUSHI
总编纂　王志民　　主编　郭朋朋

主管单位　山东出版传媒股份有限公司
出版发行　山东文艺出版社
社　　址　山东省济南市英雄山路189号
邮　　编　250002
网　　址　www.sdwypress.com

读者服务　0531-82098776（总编室）
　　　　　0531-82098775（市场营销部）
电子邮箱　sdwy@sd.press.com.cn

印　　刷　山东临沂新华印刷物流集团有限责任公司
开　　本　880毫米×1230毫米　1/32
印　　张　7.75
字　　数　163千
版　　次　2023年9月第1版
印　　次　2023年9月第1次印刷
书　　号　ISBN 978-7-5329-6983-8
定　　价　59.00元

前　言

　　党的二十大报告明确提出："坚守中华文化立场，提炼展示中华文明的精神标识和文化精髓，加快构建中国话语和中国叙事体系，讲好中国故事、传播好中国声音，展现可信、可爱、可敬的中国形象。"习近平总书记在文化传承发展座谈会上深刻指出，要在新起点上继续推动文化繁荣、建设文化强国、建设中华民族现代文明。编纂出版《山东文化体验廊道故事丛书》（以下简称《丛书》）是深入学习贯彻党的二十大精神和习近平总书记重要指示精神，贯彻落实山东省委、省政府关于打造文化"两创"新标杆部署要求的重要举措，是立足山东文化资源优势，以沿黄河、沿大运河、沿齐长城、沿黄渤海和沿胶济铁路等文化体验廊道为轴线，以各市文化体验廊道建设为着力点，撷取历史文化精华的大型普及性学术工程，是在新的历史起点上讲好山东故事、坚定文化自信、推动文化繁荣、促进文旅结合的重点文化项目。

　　山东，古称"齐鲁之邦"，是中华文明最重要的发源地之一。奔流的黄河由山东入海，齐鲁大地是黄河文明的核心区域之一。巍峨屹立的泰山，自古以来就是历代帝王封禅之地，是中国东方上层文化的活动中心，1987 年被联合国教科文组织列为中国第一个世界文化、自然双重遗产。黄渤海环绕的山东半岛是全国最大的半岛，漫长海岸线形成了丰厚的海洋文化资源，一直是中国北方海上丝绸之路的重要门户。山东又是伟大思想家、教育家孔子和孟子的故乡，是儒家文化的发源地，是中国人乃至全球华人、华裔心中的"圣地"。在被称为中华文明"轴心时代"的春秋战国时期，齐鲁是中华文明的"重心"所在：诸子百家，多出齐鲁；儒墨显学，独领风骚。齐国故都临淄，是当时最大的工商业都城，被国际足联命名为"足球起源地"；这里诞生了中国历史上最早的大学堂——稷下学宫，是诸子百家争鸣的学术文化中心；齐长城西起济水，东到大海，蜿蜒于泰沂山脉，全长一千余里，是现存最早的有准确遗迹可考、保存状况较好的古代长城；被列为世界文化遗产名录的京杭大运河，纵贯山东南北，极大影响了元明清以来山东地区的经济文化发展，鲁西沿岸城市带的崛起，成为中国南北文化交流融合的运河明珠，见证了山东地区社会文化的隆替嬗变。近代以来，随着烟台、青岛等沿海城市的崛起和胶济铁路的修筑，山东成为中西文化交流、冲突、碰撞、融合的核心地区之一，收回青岛主权成为"五四"爱国运动的导火索。革命战争年代，山东党政军民用生命和鲜血凝聚而成的"党群同心、军民情深、水乳交融、生死与共"的"沂蒙精神"，是齐鲁优秀文化、伟大建党精神与中国共产党领导的人民革命英雄主义精神的集中体现，是对山东境内沂蒙、胶东、渤海、鲁西（冀鲁豫边区）

等抗日革命根据地红色文化、革命精神的集中凝练和概括，与延安精神、井冈山精神、西柏坡精神等一起成为中国共产党人精神谱系的重要组成部分。齐鲁文化在中华文明发展中的特殊地位，山东地区源远流长、丰富厚重的文化资源，坚定文化自信和自觉的历史责任担当是我们举全省之力编纂《丛书》的内在动力。

《丛书》以国家文化公园建设为引领，以落实文化"两创"、推动"两个结合"为宗旨，以推动全省及各市文化建设为目标，是具有权威性、故事性、可读性、趣味性的历史故事集成，是一套可携带、可利用、可转化的文化读本。《丛书》分为上、下两编，上编16本，围绕"四廊一线"文化体验廊道、八大文化传承发展片区展开。"四廊一线"构筑的沿黄河、沿大运河、沿齐长城、沿黄渤海、沿胶济铁路的文化交通线纵横交错，相互联系又各具特色，其特点是以脍炙人口的故事形式联通"四廊一线"的人物事迹、重点景区、遗址遗迹等，厚植文化体验廊道的思想内涵和文化底蕴。八大文化传承发展片区，既涵盖了沂蒙、渤海、鲁西、胶东四大红色文化片区，又吸收了泰山文化、儒学文化、齐文化作为重要支撑，演奏出山东历史文化、革命文化、社会主义先进文化的时代交响。下编16本，紧紧围绕各地市优势和特色展开，主要记述本地区历史故事、文化遗址与人文景观、非物质文化遗产等内容，是推动文化廊道落地、推进片区文化建设、增强文化认同、深化文旅体验的重要载体。

《丛书》由山东省委常委、宣传部部长白玉刚统筹谋划和指导，省委宣传部专门组建学术编纂委员会负责具体实施，省直各有关部门和各市委宣传部给予大力支持配合，省内相关高校、研究机构和各市有关单位共100余位专家学者积极参与，历经酝酿策划、启动实施、提纲设计、样稿研讨、通稿审稿、编辑出版等六个阶段。2022年以来，省委、省政府先后印发《关于打造中华优秀传统文化"两创"新标杆行动计划（2022—2025年）》《关于建设文化体验廊道推动文旅融合高质量发展的实施计划（2023—2025年）》，全方位挖掘展现山东人文沃土可以深度耕作的比较优势，为《丛书》编纂做好了思想、学术和组织准备。具体编纂过程中，省委宣传部专门印发《关于做好〈丛书〉编纂工作的指导意见》，统一思想认识，作出全面部署。编委会以线上线下形式，多次召开全体会议和分组专题会议，狠抓三个重要工作节点：**一是审定编撰提纲。**通过反复研讨、交流、修改、会审等形式逐一审定编写提纲，最大程度保证全书质量。**二是树立样稿典型。**集中力量撰写、反复研讨修改，确定分类样稿，做好典型导引。**三是全力做好通稿统审。**采用主编初审、各卷主编交流互审、学术专家主审、首席专家终审等层层把关、集中审查、反复修改的方式提高稿件质量。

回顾《丛书》编纂工作，始终注意把握好以下四个方面：**一是坚定文化自信。**通过挖掘历史资料、开发历史资源、恢复历史场景等形式，获取文化营养，坚定文化自信。**二是助推文化自觉。**通过传承弘扬优秀传统文化、红色文化、社会主义先进文化，深入挖掘历史先贤和革命先烈的伟大事迹，推动文化自觉，与培育践行社会主义核心价值观有机结合。**三是落实文**

化"两创"。精选真实历史故事，注重挖掘故事背后的文化内涵，推动齐鲁优秀传统文化在新时代创造性转化和创新性发展，推进文化自信自强。**四是服务文旅融合。**借助故事、景观、遗址、非遗讲解词、短视频等融媒体形式，让广大读者在区域文化旅游、廊道文化体验中感受中华文化的博大精深，增强民族自豪感和自信心。

在内容撰写上注重四个结合：**一是与廊道体验相结合。**突出廊道建设概念，以故事为纬线，以时代发展为轴线，通过富有魅力的故事讲述，展示历史人物、景观、史实，引领读者体验传统文化的恢宏气势和博大精深。**二是与景观建设相结合。**以真实动人的故事为景观建设提供重要的历史资源和文化依据，通过一个个精品景观建设展示历史故事的丰富内涵和当代价值。**三是与文物保护相结合。**通过讲述历史故事，让广大读者进一步了解相关文物、遗址的历史文化价值，提升文物保护意识，推动群众性文物保护工作再上新台阶。**四是与媒体利用相结合。**立足于故事转化，使故事成为各类媒体传播的重要基础、蓝本和素材，成为廊道文化、片区文化讲解、传播的重要学术依据和资料来源。

《丛书》的编纂出版，是普及、传播优秀传统文化，推动文化"两创"的新尝试。衷心希望广大读者通过阅读本书，吸收丰富文化营养，多提宝贵修改意见。

编者

2023 年 8 月

导　语

　　泰安市位于山东省中部，现辖泰山区、岱岳区、新泰市、肥城市、宁阳县、东平县6个县市区和泰安高新区、泰山景区、徂汶景区、泰安旅游经济开发区4个功能区，共88个乡镇（街道），3756个村（居），总面积7762平方公里，总人口540万人。泰安先后被评为全国文明城市、国家历史文化名城、国家园林城市、国家森林城市、中国优秀旅游城市。

　　泰安区位交通优越。京沪铁路、京沪高铁纵贯南北，在泰安设泰安和泰山两个站点。京沪、京台、青兰、董梁、济泰等高速公路纵横交错，全市高速公路通车里程达到475公里。

　　泰安生态得天独厚。泰安有5个自然保护区、3处国家湿地公园、4处中国森林氧吧，空气质量居全省内陆城市前列。泰山、徂徕山分别是全省第一、第二大林场，森林覆盖率达90%。大汶河是黄河下游最大的支流，泰安境内流域面积6093平方公里。东平湖是全省第二大淡水湖、南水北调东线重要调蓄枢纽。

　　泰安因泰山而设，"泰安之为郡、为州、为县，实以泰山故也"。最早建置在泰山附近的城镇，是春秋时期的博邑，该地先后为鲁、齐两国统属，秦统一后，在此设立博阳县，同时作为济北郡的郡治。汉初在这里设立博阳郡，汉武帝时改称泰山郡。自春秋时期至汉武帝前的四百年中，博城是泰山南麓的政治、文化中心。西汉时汉武帝八次东封泰山，带动了泰山附近村镇的发展，由于当时由东谷入山，泰山东麓日渐兴盛。西汉元封元年（前110），汉武帝下令在泰山东边设立专门奉祀泰山的奉高县。之后，泰山郡治便设在奉高城中，直至北朝，历时六百年。隋唐时期，由于泰山登山路线自东路向中路转移，泰山以南的博城再次繁兴。唐乾封元年（666），唐高宗封禅泰山后，将博城县更名乾封县，乾封县城（今旧县村）自此代替奉高城成为泰山附近重要的城镇。唐中后期及五代，泰山进香活动兴盛，以东岳庙为中心的地段由此迅速繁荣。唐末在此设岱岳镇，奠定了今泰安城区的雏形。宋朝立国后，宋太祖下诏将乾封县城由旧县迁至岱岳镇，今泰安城区首次成为泰山地区的行政中心。宋真宗封禅泰山时，将县名改名为"奉符"，并在县城西南修建新城，城址在今市区南郊的旧镇村。北宋末年，泰山沦陷于金，金朝所属刘齐政权在奉符县境新设立了泰安军，"泰安"之名由此启用。刘齐被废后，泰安军为金所辖。金世宗将军治由新城迁回岱岳镇旧城，并升军为州。元明沿袭州置，清代升州为府，州、府治所均在今泰安城区内。泰安建城至今已历千年，是国家历史文化名城。

"泰安"之名取自"履而泰，然后安"（《周易》），寓意国泰民安。先秦时期即有"泰山四维，宁于泰山"的判断，秦汉时期出现了"天下之安犹泰山而四维之"，北宋欧阳修提出"措天下于泰山之安"。宋《翰苑新书前集》称："欧阳永叔作《昼锦堂记》……措天下于泰山之安……天下传之，以为知言。"欧阳修极具影响力的判断实为金代"泰安"行政地名的张本。"泰安"之"泰"指泰山，故以泰山为本；"泰安"之"安"指"天下之安"，即以"天下之安"为价值取向。"泰安"之名即指泰山为天下之基础，承载着天下之安，泰山永固，国家长安，泰山永恒，天下久安。明人萧大亨在《新修泰安州志序》中对"泰安"名称的含义进行了解读："抑汉人称天下之安，若泰山而四维之，我国家以泰安名州，不为无意。维是赫赫巨灵，实长群岳，泰岱安则四岳之神举安，五岳奠定斯海内无弗安者。顾名思义，所为协和神人以绥四国者，且当自吾州始。"雍正《山东通志》卷三也认为："泰安府，府治在泰山之南。汉人称天下之安如泰山而四维之，名盖取诸此。"地名是文化的，是历史的。"泰安"本身体现了中华民族对泰山区域的文化认知，更是对泰安区域历史文化特点的经典概括。

泰安文化底蕴深厚。泰安是中华文明的重要发祥地之一，史前人类在这里繁衍生息，他们创造了光辉灿烂的史前文化，揭开了东方人类文明的序幕。旧石器时代的新泰乌珠台智人遗址，新石器时代的后李文化、北辛文化、大汶口文化和龙山文化等，都是史前文化的典型代表。这些文化汇聚形成了东夷文化，并最终融合进中国早期文化的大潮之中。泰山区域史前文化是东夷文化的佼佼者，对先秦时期的齐鲁文化、秦汉时期的封禅文化以及各种民间信仰的形成均有深远的影响。泰安不仅有泰山，这里还有和圣柳下惠、乐圣师旷、商圣范蠡，有著书

3

立说的左丘明、功遂身退的"二疏"、一代名相萧大亨。除了帝王封禅留下的恢宏遗迹，还有百姓用勤劳的双手创造的民生工程、民俗文化。真可谓数不胜数！到了近代，泰安的进步人士和群众，积极响应党的号召，为革命事业做出了可歌可泣的贡献。这些都在历史上留下光辉灿烂的篇章。

习近平总书记在党的二十大报告中指出："坚守中华文化立场，提炼展示中华文明的精神标识和文化精髓，加快构建中国话语和中国叙事体系，讲好中国故事、传播好中国声音，展现可信、可爱、可敬的中国形象。"在几千年的历史长河中，泰安留下了丰富的文化资源，其中故事是所有文化中极其重要的事项，它以人们喜闻乐见的方式，传承广，影响大，承载了所在地历史文化的传承与核心价值追求。我们从众多的泰安历史文化故事中选择出典型代表，按类分为"史话泰安""人文泰安""传说泰安""红色泰安"四部分，以求能概括泰安故事之全貌。

这些故事，无不体现出泰安人的文化追求，即和谐平安的价值取向。这些故事，无不勾画了泰安历史发展的脉络，反映了它在漫长的社会发展中形成的地域特征，深刻地揭示了泰山区域文化的独特之处。帝王封禅泰山、朝廷祭祀泰山追求天下太平，良吏乡贤祭拜、赞咏泰山追求社会平安，民众朝山进香追求家庭宗族平安。泰山安则天下安，天下平安，国泰民安，这就是我们永远讲不完的泰安故事主题。

目　录

9

一

史话泰安

泰安是中华文明的发源地之一。早在旧石器时代，这里就有了聚居的新泰乌珠台智人部落，此后北辛文化、大汶口文化、龙山文化相继兴起，璀璨的史前文明在这里汇聚。海岱地区拔地通天的泰山，是东夷文化自然崇拜的中心。各部落首领在这里祭天告神。后世帝王争相效仿，借机宣扬君权神授，显示自己统治的合法性，为泰安留下了数不清的帝王遗迹和传说。泰汶区域山水相间，土地肥沃，滋养了一代代文明，养育了一批批贤士明吏，哺育了成千上万的民众。他们用非凡的智慧书写着历史长卷，用豁达的胸怀激励着莘莘学子，用勤劳的双手创造着生活乐趣。清官廉吏、文人雅士、乡贤布衣，共同造就了丰富多彩的泰安历史。

（一）文明曙光

1. 乌珠台智人牙齿化石
山东地区最早的现代人

1966 年 4 月 7 日，新泰市东都镇乌珠台村的村民到南部山沟里打井找水源时，意外地在井壁东南角裂缝里发现了一个石灰岩洞，里面堆放着许多牙齿化石。

这一发现让在场的村民议论纷纷。参与打井的人里有一位是在村里教了十一年学的小学教师张淑安，当他看到村民拿上来的牙齿化石时，立刻想到了北京周口店出土的猿人头盖骨化石。于是，他建议一起参加劳动的宁阳县公安局巩副局长，把所有的牙齿化石都收集起来，并送到上级部门去鉴定。

当天下午两点，一个叫徐天才的学生就把这包化石交到了新泰县文化馆李万荣的手中。李万荣又把化石拿给馆长，馆长看过化石以后，就让李万荣给省博物馆发电报，请省博物馆派专家来进行鉴定。直到这时，他们还没有预料到，这一发现竟然掀开了中国乃至世界人类进化史上崭新的一页，也让乌珠台村从此名扬天下。

4 月 11 日，中国科学院古脊椎动物与古人类研究所的专家和省博物馆的工作人员，一同赶到了发现化石的地方进行现场勘察。当他们知道有一枚牙齿化石被村里的孩子拿走后，他们立即回村找到那个孩子，可是孩子说，牙齿早就扔掉了。专家们不死心，就跟村里"四清"工作组的同志一起到孩子扔化石的地方，拿筛子一点点地筛土寻找。临近中午，一个孩子大喊道："找到了！找到了！你看看是不是人牙？"中科院的专家接过来一看，果然是一颗人牙化石，于是用烟纸包好放进口袋里。这颗失而复得的牙齿，就是著名的乌珠台智人牙齿。

经过对牙齿的尺寸及磨蚀程度等进行研究，专家们判断这是一颗少女的牙齿。又根据牙齿的发育状况及同时出土的虎、鹿、披毛犀、牛等哺乳动物牙齿化石的推断时代，确定这颗牙齿属于旧石器时代的晚期智人牙齿化石，距今约有五万年。

这可是一个了不起的发现。晚期智人过去也叫新人，是解剖结构上的现代人，在他们身上，现代人的特征更加明显，他们开始有了语言和劳动，有了社会性和阶级性。有学者说，新泰人是目前在山东境内发现的最早的现代人。这颗化石的主人也因此被命名为"新泰智人"。

乌珠台智人牙齿化石（新泰市博物馆供图）

新泰智人的发现改写了山东地区的人类进化史，揭开了新泰区域人文历史的序幕，对研究更新世时期的人口分布具有重要意义。它标志着旧石器时代的山东人已经进化到了现代人阶段，同时证明泰沂山区的人类并不是从别处迁徙而来，而是土生土长的本地人，这为后来大汶口文化的孕育和产生奠定了基础。

新泰市人民政府在乌珠台村南的大口井旁立了石碑。从井口向下望去,那个保存了智人少女牙齿长达五万年的小小洞口,至今保持着挖掘时的样子。

2. 大汶口遗址
史前文化的重大发现

大汶口文化的发现地和命名地,在泰山之阳的大汶河畔。早在6100—4600年前的新石器时代,大汶口文化就在这山水之间萌发生长,绵延形成中华民族远古文化的重要支脉。

大汶口文化遗址的发现纯属偶然。1959年5月,泰安县、宁阳县修建津浦铁路复线工程,各种施工机械的轰鸣声、铁锹镐头的碰撞声,唤醒了汶河两岸沉睡的土地。当工程进展到汶河南岸堡头村的时候,施工人员在村西发现了一些暴露出的遗物,这引起了当地文化部门的重视。济南市文化局根据宁阳县文化部门的反映,立即派济南市博物馆工作人员前往调查。调查人员根据暴露出地面的彩陶片以及其他遗物,断定此处为新石器时代文化遗址。

在山东省文物管理处的具体帮助下,济南市文物工作队迅速组织起来。1959年6月24日,文物工作队开始在汶河南岸的堡头村西发掘,直到八月底挖掘才结束。这次考古活动,共发掘出新石器时代墓葬133座,出土了陶器等遗物1000多件,其中红、灰、黑、白各种色陶都有,还有精美的彩陶。出土物中的石器、骨器也非常丰富，特别是一部分玉器和象牙器，制作相当精细。其中就有一件国宝级的文物——"镂雕旋纹象牙梳"，它是迄今为止，远古时期保存最为完好的梳子，如今保存在国家博物馆内。除此之外，还发现了大量的动物骨骼。这次考古发掘证明堡头村是一处新石器时代集中的氏族公共墓地，这个发现引起了考古界的普遍关注。

大汶口国家考古遗址公园（泰安大汶口文化保护传承中心供图）

此后，大汶口遗址又进行了两次规模较大的发掘，分别是在1974年和1978年。这两次发掘也有重要的收获，一是发现了大汶口文化早期墓地中存在着分组埋葬的现象，以及出土了一批随葬品相当丰富的早期大墓，这为研究大汶口文化早期的社会结构和形态变化提供了新线索；二是获取了一批早于大汶口文化即北辛文化的房基、灰坑等遗迹和石、骨、陶器等文化遗物，为了解北辛文化及其与大汶口文化的关系提供了珍贵的资料。大汶口遗址的发掘表明，这里包含了龙山文化、大汶口文化、北辛文化三种文化遗存。

1978 年，大汶口遗址被列为山东省重点文物保护单位，1982 年又被列为第二批全国重点文物保护单位，2021 年被选为中国"百年百大考古发现"。

泰山之阳，汶水汤汤，通贯古今，源远流长。大汶口文化遗址的发现，为齐鲁文化、孔孟圣人文化、泰山封禅祭祀文化找到了源头，为中华文明发展历程提供了实物证据。

3. 泰山封禅

从自然崇拜到宣示王权

从远古时期开始，泰山周边就有了人类的活动轨迹。他们聚集成一个个部落，采集野果，捕猎猛兽，维持着艰难的生活。可是采摘果实要靠天时，捕猎也不是每次都能有收获。大自然变化莫测的气候，一道道划破苍穹的闪电，一阵阵震耳欲聋的雷声，无不让他们对上天心生恐惧，匍匐在自然的威力之下。

那时候，泰山是他们所能见到的最高的山脉，周遭一望无际的平原使它显得更加雄伟壮观。人们相信，位于东方的泰山是离天最近的高山，是最早迎接太阳升起的地方，只有到泰山上去祭祀，才能让上天听见自己的声音。于是部落首领带领着一批批族人来到泰山之巅，在山顶堆积草木，燃起熊熊大火，向苍天默默祷告，表达自己的心愿。举行完祭天仪式后，又来到泰山脚下的云云山，聚土为坛，祭祀大地之神。

这样的仪式，无怀氏举行过，伏羲、神农、黄帝等也举行过，于是他们成为领了天命的领袖，拥有了让其他人言听计从的能力。而泰山，也在这一次次的封禅祭祀中成为远古先民心中无可替代的神圣之山。仅在先秦时期，在泰山上举行封禅大典的就有七十二位帝王。

历史的车轮转到了东周。公元前 651 年，齐桓公召集各诸侯国在葵丘（今河南省民权县东北）会盟，周天子送来了胙肉、彤弓矢及天子车马以示奖赏。这样的礼遇，让齐桓公觉得自己有资格去泰山进行封禅了。他说："以我的功绩和德望，各诸侯国都不敢违抗我的命令。从前夏、商、周三代承受天命，也不过如此吧。"于是开始筹备去泰山封禅的事情。

齐相管仲劝告齐桓公说："古代到泰山举行封禅大典的必须是接受天命的帝王，您现在是受命于天的天子吗？"齐桓公低下了头，沉默不语。

管仲又说："以前各代帝王封禅的时候，必有祥瑞出现，或者是东海送来比目鱼，或者是西海献上比翼鸟，天上飞来凤凰，地上跑来麒麟，珍禽异兽、奇花异草，各种吉祥的物品一一呈现在众人面前。封禅仪式上还要用鄗上的黄米、北里的小米来做祭物，用江淮之间出产的一茅三脊的灵草来做祭祀的垫席。您现在有吗？"

齐桓公更加沮丧，只好如实回答说："没有。"

管仲继续说道："今年庄稼的收成不好，田地里到处长满了蓬蒿杂草，不吉祥的猫头鹰也多次出现。在这种情况下，您居然还想到泰山去举行封禅仪式，这是一个贤明的君王应该做的事情吗？"

齐桓公想了想，确实如此，只好打消了去泰山封禅的念头。

（二）帝王遗踪

1. 刘仓

为善最乐的东平王

俗话说：最是无情帝王家。在中国历史上，因争夺皇权帝位而兄弟反目、骨肉成仇的家庭悲剧数不胜数。面对最高权力和最大财富的诱惑，能够做到兄友弟恭、和睦共处的，却少之又少。东汉初期的东平王刘仓，就得到了父亲（光武帝刘秀）、兄长（汉明帝刘庄）、侄子（汉章帝刘炟）三代皇帝的一致信任，让我们在历来薄情寡义的帝王之家，看到一丝人性温情的光辉。

刘仓是光武帝刘秀和皇后阴丽华的儿子，自幼体健貌美，仪表不俗，深得父母的喜爱。他年少时聪慧多智，酷爱读书，所以没用几年的时间，就把儒家的经典著作全部学完。另外，他对其他诸子百家的学说也很感兴趣并广泛涉猎。广泛的阅读，使得年轻的刘仓已是满腹经纶，博闻多能。

刘秀一共有十一个儿子，刘仓深受信赖。刘秀在位期间，沛王刘辅蓄谋作乱，一千多名贵族子弟被牵连其中，并为此送命。于是，刘秀命令已经成年的诸王离开京师，各赴其封国。只有东平王刘仓被留了下来，辅佐刘秀处理朝政。

建武中元二年（57），刘秀去世，太子刘庄继位，史称汉明帝。汉明帝刘庄与刘仓都是阴丽华所生，在诸兄弟中，汉明帝最信任刘仓。为了稳定新君入朝的局面，汉明帝委任刘仓为骠骑将军，主持中央大权。东汉时期，骠骑将军的地位本来在三公太尉、司徒、司空之下，而汉明帝规定刘仓的骠骑将军位在三公之上，配备的属下官吏数量也大大超过三公。汉明帝每次离京巡狩，都命令刘仓留守京师，护卫太后母亲。

　　刘仓也不辜负哥哥的信任，殚精竭虑地辅佐汉明帝，兄弟君臣之间，同心同德，肝胆相照。五年之后，天下大定。在此期间，刘仓时常因自己以皇帝至亲的身份辅政而深感不安。他考虑再三，终下决心，辞去官职，回到自己的封国。刘仓认为只有这样，才能够善始善终地尽忠尽孝。

　　刘仓回到东平后，汉明帝依旧很关心他，封赏不断。有一次汉明帝问他在家里做什么最开心，刘仓说"为善最乐"。刘仓时时为国家着想，事事与帝王分忧，在功高位显之时放弃权势，急流勇退，在平淡时安于良善，乐在其中，古今罕见。

　　汉明帝病逝后，汉章帝刘炟继位，刘仓对侄儿也竭尽所能地予以指点、帮助。汉章帝继位之初，接连遇到大旱、地震等自然灾害，致使政局动荡。刘仓建议采取重视农业、减轻刑罚、选拔人才等一系列措施，很快使局势稳定下来。后来，汉章帝计划大兴土木，为祖父和父亲修建陵寝，也被刘仓劝阻下来。汉章帝对皇叔刘仓极为尊敬。建初六年（81），刘仓入朝，汉章帝亲自为皇叔安排住所，他还下诏禁止直接称呼皇叔的名字，以示尊重，并且特许刘仓拜见他时，所乘坐的车可以一直驶到大殿门口。

建初八年（83），刘仓病逝，汉章帝为他举行了隆重的葬礼。汉章帝赐予刘仓的谥号为"宪"，称赞他知识广博、能力出众。

2. 白骡冢

唐玄宗御封的将军

唐开元十三年（725），泰山又迎来了一位皇帝，他就是中国历史上赫赫有名的"开元盛世"的缔造者——唐玄宗李隆基。与以前来泰山封禅的帝王一样，李隆基此行的前前后后，也发生了一些奇异的事情，有人说是天生异象，有人说是祥瑞降临，不仅为泰山封禅增加了几分神秘的色彩，也为泰山留下了一些奇妙动听的传说，其中就有唐玄宗御封白骡将军的故事。

唐玄宗率领着浩浩荡荡的封禅大军，一路东行，直奔泰山而来。这一天，封禅队伍已经清楚地望见了泰山，士兵们开始欢呼，随行的文武百官也一起向唐玄宗道贺。唐玄宗神采飞扬，得意非凡。正在此时，忽然从东北方向刮来一阵大风，而且风势越来越大，吹得大家都站立不稳。唐玄宗下令，就地安营休息，待风停后继续行进。

可是谁也没有想到，这风从中午一直刮到晚上，有几顶官员的帐篷都被大风吹破了，里面的人惊慌失措，乱成一团。这突然来袭的大风，让部分官员的心里犯起了嘀咕：难道这是什么预兆？

很快，人们私下的议论传到了封禅使张说的耳中。为了稳定人心，张说安抚大家道："皇上是真命天子，御驾出宫必会惊天动地，此风乃东海之神前来接驾，护佑皇上封禅泰山的。"

听了张悦的一席话，大家的情绪很快就稳定了下来。第二天一早，天气果然变得风和日丽。经过大风一夜的吹拂，巍巍泰山像是用水洗过一样清新明净，众人对张说无不佩服不已。

十一月初九，唐玄宗斋戒沐浴完毕，准备离开社首山行宫，开始登山。恭候多时的封禅使张说上前施礼道："启禀皇上，益州（今四川一带）官员闻听皇上要封禅泰山，特进贡白骡一匹，以助天子脚力。他们星夜兼程，一路跋山涉水，恰在今晨赶到泰山脚下。"唐玄宗一听，立刻来了兴趣，白色的马他见过不少，白色的骡子还真是头一次听说。

只见这头骡子生得高大雄健，膘肥体壮，浑身上下洁白如雪，一根杂毛都没有。唐玄宗精通骑术，看到这么好的坐骑，一时技痒难耐，骑上白骡就在院内跑了一圈。白骡脚步稳健，背宽肉厚，唐玄宗坐在上面安稳舒适。他开心地说："就是它了。朕此次登泰山，就骑它了。"

唐玄宗骑着白骡，踏上了登山的道路。由于山路坡度较大，石头台阶坚硬光滑，白骡要比在平地上多花费好几倍的力气，才能保持住身体平衡。此时正值冬天，山中更是寒冷，可白骡的身上不断地冒着热气，大汗淋漓。终于，泰山之巅的封天仪式圆满完成，白骡又把志得意满的唐玄宗驮到了山下。

回到行宫，有些疲倦的唐玄宗翻身下了白骡，还没走出几步，冷不丁听见身后的白骡一声悲鸣，接着就是轰隆一声巨响，白骡倒地不起了。唐玄宗见状，既惊愕又惋惜。考虑到白骡的功劳，唐玄宗将白骡封为"白骡将军"，命地方官员为白骡准备棺材，在封祀坛以北，用石块垒砌一座白骡冢，然后，隆重地安葬了这匹白骡。

3. 泰山岳父
郑镒借唐玄宗封禅官升四级

今天，妻子的父亲通常被称为"老泰山"或"岳父"。而在唐代之前，人们只称"丈人"或"舅"。那么丈人是怎么与泰山联系起来的呢？说起来，还与唐玄宗封禅泰山有关呢。

唐玄宗封禅泰山的时候，派宰相张说为封禅使，提前来到泰山做一些准备工作。张说曾经三任宰相，颇有文名，同时也是唐玄宗封禅泰山的主要倡议者，让他来做这个封禅使再合适不过了。但张说生性贪财，喜欢揽权，封禅泰山这样的大事，当然少不了要给自己的亲信一个立功提拔的机会，于是他便带着女婿郑镒一起来到了泰山。

郑镒原来是个九品小吏，在唐玄宗封禅泰山的时候跟着张说鞍前马后地忙活。张说对封禅一事也非常用心，把唐玄宗的封禅大典办得风光圆满。按照惯例，封禅之后，所有随行官员除三公外，均官升一级。张说便趁机把女婿郑镒从九品官提升为五品官，连升四级，赐穿绛红色官服。

封天禅地的大典举行完毕后，唐玄宗在泰山脚下宴请群臣，并举办了大型的文艺会演。在这场文艺会演中，郑镒穿上了五品官服。唐玄宗看到后，很是惊讶。于是，他把郑镒叫到跟前，

丈人峰（李佳摄）

问道："你一个八品官员，为何穿着五品官员才能穿的绛红色官服呢？"郑镒唯唯诺诺不敢回答，张说也急出了一头汗，却偏偏不敢解释，怕背上一个"专权独断"和"滥用职权"的罪名，热闹的文艺会演现场一时一片寂静。此时一位叫黄幡绰的艺人微笑着说道："启禀皇上，此乃泰山之力也。"

这话一语双关，既点出了郑镒升职是因为参与了泰山封禅，又含蓄地说明张说趁泰山封禅之事借机提拔自己的女婿。唐玄宗一听就明白了，便也不再追问，只是哈哈一笑道："原来如此，果然是泰山之力啊！"众大臣附和地笑了起来，只有张说和郑镒羞愧地低下了头。

后来，人们就把泰山玉皇顶西北的一块形似老翁的巨石取名为"丈人峰"，用以影射张说借泰山封禅提拔女婿的事情。又因为泰山为五岳之尊，后人因此也把丈人称为"泰山"或"岳父"，并一直流传至今。

4. 回銮驿

宋真宗封禅归途驻跸

北宋大中祥符元年（1008）十月，宋真宗在泰山顺利完成了封禅大典，如前代帝王一样，他要到曲阜去祭拜孔子。

十月二十七日，宋真宗的封禅队伍离开泰山，渡过大汶河，浩浩荡荡地到达龚丘县（今宁阳县）太平驿，当晚就驻扎在这里。太平驿原名知沟驿，位于今天宁阳县磁窑镇太平村。宋真宗一高兴，下令赏赐随从官员辟寒丸、紫花茸袍等。

封禅是国家大典礼，在这期间要斋戒素食，来到太平驿终于可以恢复常膳了。宋真宗赵恒不由得对丞相兼封禅大礼使王旦说："从十月初四离开京城后，王丞相一直吃素，真是辛苦了。"王旦连忙拜谢说："这是臣应尽的职守。"

这时一旁的签署枢密院事马知节莫名其妙地来了一句："这一路只有皇上一人只吃蔬食罢了，在道上，我们这些人经常私下里吃肉。"真宗不由得一愣，忙问王旦："知节所言可是事实？"吓得大臣们纷纷跪倒在地，磕头不已："知节说的是真事。"真宗只是淡淡一笑："这个马知节，可真是直率。"但并未再追究。

用膳后宋真宗随即下诏："十一月初一，幸曲阜县，谒文宣王。"

第二天，宋真宗一行继续出发，由于昨晚行程已定，不着急赶路，大家边走边欣赏着沿途风景。说到这龚丘县，宋真宗一行还记得一件事，这年，龚丘县民李起家的牛一胎生了四个牛犊，当时轰动四方，州判把这件事画成图献给朝廷，也算是给封禅祥瑞加了一把火。封禅队伍走走停停，来到回銮驿，当天就驻扎在这里。回銮驿原名葛石驿，宋真宗为了封禅泰山特意改成此名。

封禅是向上天报告天下太平功成的大事，封禅仪式完毕，各地官员也没闲着，不断向宋真宗汇报自己治下的太平繁盛。这不，京东西（今河南）、河北、陕西、淮南、江南等转运司一起在回銮驿汇报："自皇上下诏封禅以来，各州的进奉使、四方进贡的蛮夷以及公私往来人员，熙熙攘攘，昼夜不断，但社会肃静，物价下降，百姓一片祥和。到皇上封禅时，京师至泰山的道路人满为患，但绝无攘斗偷窃之事。"宋真宗听了自然心情愉悦。

二十九日，君臣启程到达兖州。十一月初一，宋真宗准时在曲阜举行典礼，祭拜文宣王孔子，并加封孔子为至圣文宣王。

初二日，宋真宗又返回回銮驿，在覃庆楼设三天盛宴，并允许百姓前往观看同乐，一时君臣、官民开怀畅饮，热闹异常，呈现出一片社会祥和、天下太平的景象。

初三日，宋真宗又在当地延寿寺赐宴两天，款待辅臣、亲王、百官。在这期间发生了一件趣事，前来参宴的人群中有个小孩，他的衣袖上趴着一只大如榆钱的金龟，结果让大臣丁谓看到了，马上呈献给宋真宗。宋真宗一看，这可是难得的祥瑞啊，赶快让近侍手捧金龟来到宴席之上，向群臣展示。大臣们顿时起立，齐声喊道："恭喜圣上，封禅功成。"

初四日，在回銮驿，宋真宗亲自提笔写成《庆东封礼成》诗，大臣们自然一一作诗唱和。这时，内侍史崇贵上奏："各藩属国的进奉使纷纷前来陪同助祭泰山封禅，得以看到普天同庆。现在他们请求皇上赏赐紫袍、象笏等，让他们带回国去，以荣耀国族。"宋真宗自然一口答应。

迴銮寺遗址（徐承军摄）

按照惯例，每逢帝王举行泰山封禅，周围藩属国都要前来陪同观礼助祭，以示天下归心。宋真宗封禅时，前来观礼助祭的有交趾（今越南北部）国主黎龙廷、占城（今越南中部）陁傍亚声、三佛齐国（今印度尼西亚）李眉地等三人，以及大食国（阿拉伯）、西凉府（吐蕃六谷部凉州政权）、甘州（甘州回鹘地方政权）、西南蕃（分布于今贵州南部惠水县的布依族、苗族部落）、溪峒诸蛮（西南地区苗族部落）、邛部川蛮（四川凉山彝族部落）等藩国国主和使者。封禅完毕后，这些进奉使也随同来到回銮驿，接受了宋廷赏赐。

初五日，宋真宗一行从回銮驿出发，西行返回东京开封。只是谁也没想到，这竟成为泰山封禅的绝唱，从此再无泰山封禅。

帝王的车驾为銮驾，因此称帝王返回为回銮，这意味着宋真宗的封禅銮驾从回銮驿正式返回，也标志着封禅之行由起驾到回銮的转折点。大家看看岱庙的《泰山神起跸回銮图》，就是这个模式。

5. 碧霞祠

明神宗泰山大兴土木

明神宗万历皇帝是与泰山关系比较密切的皇帝之一，他与泰山结缘于他的母亲慈圣皇太后。

万历四十一年（1613）的一天早上，慈圣皇太后早早地醒了，就在她刚准备起身之际，突然感觉眼前一黑，眼睛胀涩，人影重叠，于是，她立即让宫女去通知万历皇帝。万历皇帝闻讯，急忙带着太医赶来给慈圣皇太后诊治。太医把脉之后，向皇帝汇报道："启禀皇上，皇太后脉象正常，可能是昨晚没有休息好，先观察两天再确定治疗方案吧。"

慈圣皇太后休息了几天后，症状仍然没有改变，这可如何是好？万历皇帝立即召集太医院集体会诊，可是太医院的医生们商量了大半天，仍然没有讨论出慈圣皇太后到底得了什么病，治疗方案就更是拿不出来了。就在此时，一位大臣说："皇上，微臣听说泰山碧霞元君的分身之一就是眼光娘娘，专门治疗眼疾，何不派人前往泰山致祭碧霞元君呢？"万历皇帝听后，立即派遣太监前往泰山碧霞元君殿下祈福。

巧合的是，当被派遣到泰山祈福的太监回宫之后，慈圣皇太后的眼睛竟然渐渐好了起来。这一天，慈圣皇太后把万历皇帝叫了来，说道："自从去泰山碧霞元君那里祈福之后，我的眼睛渐渐好起来了。应该派人前往泰山还愿。"万历皇帝回道：
"还是母亲考虑得周全，我这就安排人前往泰山。"之后，在
慈圣皇太后的授意下，万历皇帝拨国家经费维修泰山上下庙宇。

碧霞祠（田承军供图）

维修工程从万历三十九年（1611）开始，四十三年（1615）
结束，前后共四年。万历皇帝的这次维修，共重修了碧霞元君
祖庭碧霞祠、岱顶玉皇殿、神憩宫、青帝殿、南天门、上下盘
路及岱庙峻极殿、蒿里山森罗殿等，并在山顶上创建了北斗坛。
重修之后，泰山上下焕然一新。万历四十一年（1613）四月，
又派遣内官监太监崔登带领着大小太监在碧霞祠内为碧霞元君
建造"天仙金阙"，作为碧霞元君的居所。

遗憾的是，正当碧霞祠内的元君殿修建得如火如荼之时，
慈圣皇太后离开了人世。她去世后，万历皇帝把她供奉在泰山，
如今，这一塑像仍然伫立在泰山斗母宫内。

6. 两尊菩萨像

明代皇帝泰山供奉皇太后

明万历四十二年（1614）二月，万历皇帝的母亲李太后去世了，这对于孝顺的万历皇帝来说，无疑是一次沉重的打击。因思念李太后，万历皇帝常常食不甘味，夜不成寐。

这天，万历皇帝又一次想起了母亲，他在心头默念："我一定要做些让她老人家开心的事情，以告慰她的在天之灵！"万历皇帝清楚地记得，李太后生前最喜欢奉佛信道，她经常向佛门布施，建塔修寺，在宫中被尊为"九莲菩萨"。同时，李太后对泰山碧霞元君也非常崇敬。有一次李太后患上了眼病，万历皇帝特意派遣人前往泰山祭祀，祈求碧霞元君能够保佑太后早日康复。也许是巧合，也许真的是心诚则灵，李太后的眼病果然痊愈。为感谢碧霞元君，他下旨重修碧霞祠。想到这里，万历皇帝下定决心，让母亲陪伴碧霞元君，永驻泰山。

第二天一早，万历皇帝传下话来："圣母皇太后已经升天，应当与泰山碧霞元君一起在天帝左右，以护佑我大明江山。"于是，在泰山上下大兴土木，以供奉李太后化身的九莲菩萨。

九莲菩萨铜像，最初被安置在山下的天书观内。提起泰山天书观，可是大有来头，它原本是宋真宗赵恒供奉天书的地方。万历时期的天书观，已经成为专门供奉碧霞元君的庙宇。万历皇帝在天书观供奉九莲菩萨，并把天书观的名字改为"天庆宫"，含有希望碧霞元君与九莲菩萨一道，保佑国家平安昌盛的深意。

九莲菩萨（张东摄）　　　　　智上菩萨（路秋生摄）

令万历皇帝没有想到的是，仅仅三十多年后，他的孙子崇祯皇帝就把同样的剧情重新上演了一遍。崇祯十四年（1641），崇祯皇帝也把他的生母封为"智上菩萨"，在泰山天庆宫内的碧霞殿、九莲殿后修建智上殿，将智上菩萨的青铜塑像供奉在此，并改"天庆宫"为"慈庆宫"。

如今，三百多年过去了，当年安置两位菩萨像的天书观，已经不复存在，而凝结着古代工匠智慧结晶的两座菩萨铜像，却有幸保存下来。九莲菩萨铜像迁至红门宫的弥勒院内，智上菩萨铜像则移到了斗母宫。

7. 施家牌坊

康熙帝褒奖功臣

泰安城北依泰山，南望汶河。这里钟灵毓秀，人杰地灵，产生了许多著名的历史人物，曾经在清康熙年间做过广西巡抚的施天裔，就是其中之一。

施天裔，泰安人，提起他的人生经历，可以说是几经波折，颇有几分传奇色彩。明万历四十二年（1614），施天裔出生在泰山脚下。不幸的是，在他年幼的时候母亲就去世了，施天裔被寄养在姥娘家，直到长大成人才回到施家。施天裔与姥娘一家的感情很深，经常去探望。一天，青年施天裔正走在前往姥娘家的路上，迎面撞上在关内四处抢劫的清兵，身为书生的施天裔逃跑不及，被抓后押往关外。或许是受到过度惊吓，或许是水土不服，施天裔途中生了重病，正在奄奄一息之际，被清廷官员周暄发现。周暄看到施天裔虽然疾病缠身，但难掩器宇轩昂之气，遂心生爱才之意，便将其收留下来精心诊治，不久施天裔就恢复了健康。为答谢救命之恩，施天裔认周暄为义父，改姓周，于是名字改成了周天裔。后来，周天裔参加清廷在盛京（今沈阳）举行的科考，获得贡生学衔。

清顺治元年(1644)，清廷入主中原，周暄、周天裔随军入关。周暄从直隶唐县知县开始，最终升迁至江西粮道。施天裔也随后出仕为官，做到了山东布政使、广西巡抚，成为"从龙入关"的开国勋旧，得到了康熙皇帝的信任和重用。施天裔从被抢掠的俘虏到封疆大吏，人生命运波折起伏。

周天裔在山东为官期间，颇有建树，

施家牌坊 （马军摄）

官声很好。他主持重修了碧霞祠、南天门、灵侯殿等，获得了一致好评。康熙七年（1668），岱庙因郯城大地震受损严重，施天裔奉康熙皇帝之命重修，历时十年，终于完成。

康熙六年（1667），官居山东布政使的周天裔向朝廷上书，请求恢复其原姓，康熙皇帝批准了他的请求。为了表彰施天裔政绩突出，孝心至诚，恢复其原姓后，康熙皇帝还恩准施天裔在他的家乡——泰安城南施家结庄建恩褒牌坊，并追赠其祖父施所学、父亲施可兴为"通奉大夫、山东布政司布政使"，追赠其祖母张氏、母亲贾氏为夫人。康熙二十九年（1690），施天裔离开人世，长眠在施家牌坊的旁边。

8. 万丈碑

泰山上的乾隆印铃

乾隆皇帝是历代帝王中来泰山次数最多的皇帝，他十三次到达泰安，六次登上山顶，不仅赐予泰山珍宝无数，更为泰山写下了一百七十余首诗。乾隆皇帝的泰山诗，遍布泰山上下，其中最让人们津津乐道的是那一通万丈碑上所刻的诗。

乾隆十三年（1748）二月，乾隆皇帝首次攀登泰山。望着眼前这座平地而起、直冲霄汉的大山，乾隆皇帝不由得想起往事。在他小时候，就听爷爷康熙皇帝说起过泰山。爷爷告诉他，皇帝可以随意去天下所有的山，只有一座山例外，那就是泰山。小乾隆好奇地问："为什么？"康熙皇帝告诉他，只有最了不起的皇帝，才有资格去泰山。小乾隆又问："爷爷去过泰山吗？"康熙皇帝不禁哈哈大笑，他得意地告诉小乾隆："我不仅去过泰山，还去了两次。等以后你要是当了皇帝，一定要多去几次，要超过我啊！"回想着当年的情景，乾隆皇帝的心中升起了万丈豪情，儿时的梦想，就要实现了。

在登山的道路上，乾隆皇帝深深地被泰山巍峨磅礴的气势所吸引，更被千百年来帝王和文人沉淀下来的人文气韵所折服。最让他感兴趣的是前人留下的一处处文字题刻，遇有文辞高雅、书法绝妙的，他连连称好；对于那些不能入眼的，他则报以哂笑。就这样，一路走走停停，一路高谈阔论，不知不觉间，乾隆皇帝一行来到朝阳洞前。他停住脚步，举目北望，只见对松山郁郁葱葱，满目苍翠，生长在岩壁之上的棵棵古松，如同巨鹰展翅，又好似旌旗翻卷，可谓姿态万千。远处那万绿丛中一点红的南天门，仿佛触手可及。南天门下的十八盘，又好像天梯倒悬，为登顶泰山的道路平添了几分惊险。

万丈碑 （王德全摄）

见得眼前美景，乾隆皇帝大声赞道："真是一幅浑然天成的山水画啊！"众人无不附和响应，纷纷称是。没承想，乾隆皇帝又问道："你们有没有发现这幅画少了什么？"大家面面相觑，一时不知如何回答。乾隆皇帝微微一笑，得意地说道："这幅画没有印章啊！"众人恍然大悟，异口同声地称赞道："我等愚钝，还是皇上您英明呀！"乾隆皇帝乘兴说："此次登临泰山，朕一路行来，偶有所得，成诗一首，就把我这首诗，刻在对面的山崖之上，当作这幅画的印章吧。"群臣都拍手叫好。在一片喝彩声中，乾隆皇帝提笔写下《咏朝阳洞》诗："回峦抱深凹，曦光每独受。所以朝阳名，名山率常有。是处辟云关，坦区得数亩。结构寄幽偏，潇洒开窗牖。历险欣就夷，稍憩复进走。即景悟为学，无穷戒株守。"

遵照乾隆皇帝的吩咐，这首诗被镌刻在了朝阳洞对面的御风崖上。为了与周围的景色匹配，起到图画与印章相互映衬的视觉效果，这处刻石堪称巨制。它高 30 米，宽 12 米，字径 1 米，人们形象地把它称作"万丈碑"。后来的游人登山至此，无不惊叹泰山自然与人文的绝妙结合。

（三）良吏乡贤

1. 柳下惠
一代和圣名满天下

柳下惠是鲁孝公的儿子公子展的后裔，本名为展禽，"柳下"是他的食邑，"惠"是他的谥号，所以被称作"柳下惠"。柳下惠的食邑柳里，在今山东省新泰市宫里镇西柳村，那里还留存着和圣墓与和圣祠呢。民间还流传着很多关于柳下惠的故事，其中"坐怀不乱"和"三黜不去"流传最广。

相传有一天，柳下惠出城办事，回来时错过了时辰，城门已经关闭。按照当时的律令，城门要到第二天早上才会打开，当晚柳下惠只能露宿在城门。虽然天气寒冷，好在柳下惠穿着宽大厚实的衣服，足以让他安然度过寒夜。不久，一阵脚步声传来，城门前来了一位衣衫单薄的年轻女子。柳下惠礼貌地向她打了招呼，年轻女子应过一声后，蹲在城门一角。不一会儿，年轻女子就被冻得缩成一团，浑身哆嗦。柳下惠怕女子冻坏了，就让这个女子坐到他的怀中，用宽大的衣服把她裹了起来。就这样，两个人相互取暖，静静地坐了一夜，没有一点非礼越轨的行为，这就是成语"坐怀不乱"的由来。

柳下惠不仅洁身自好、作风正派，还是一个做事很有原则的人。柳下惠曾担任过鲁国的典狱官，但是多次遭到罢免。有人劝他离开鲁国，凭借他的才干和名气，去别的诸侯国发展不是一件难事。可是柳下惠拒绝了，他说坚持自己的原则，在哪里都难免被罢黜，放弃原则保全自己，又何必离开生养之地呢？后人把这件事称为"三黜不去"。

柳下惠很看重自己的信誉。齐国国君曾派人向鲁国索要传世之宝岑鼎，鲁庄公舍不得，却又怕得罪强大的齐国，就打算用一个假鼎冒充。但齐国人说他们只相信以诚实闻名天下的柳下惠，只要柳下惠说这个鼎是真的，他们就认可。鲁庄公只好派人去求柳下惠。柳下惠说："信誉是我一生唯一的珍宝，我如果说假话，那就是自毁我的珍宝。以毁我的珍宝为代价来保住你的珍宝，这样的事我做不到。"鲁庄公无奈，只好把真鼎送往齐国。

在两国关系上，柳下惠主张"以和为贵"。齐孝公曾率军侵犯鲁国北部边境，鲁僖公听到消息后吓坏了，连忙派柳下惠的弟弟展喜，带着猪、羊、美酒等去慰劳齐兵。出发前，柳下惠向展喜传授了如何把犒军变成退军的妙计。按照柳下惠的安排，在齐军还没有进入鲁国边境的时候，展喜便出境迎接，拜见齐孝公，献上犒军的礼品。展喜恭恭敬敬地对齐孝公说："我国的始祖周公，贵国的始祖太公，是周王室的两位最有力的助手。他俩团结一致，辅佐成王。成王尊重他俩的功劳，叫他俩订立盟约，不能互相侵犯。您继位后，大家都说，您绝不会背弃先王的命令，废除太公的职责，否则怎么向太公、桓公的在天之灵做出解释呢？"一席话说得齐孝公无言以对，齐军只好班师回朝，鲁国也由此避免了一场战祸。

柳下惠（刘建辉摄）

柳下惠被孟子尊为"圣之和者"，与伯夷、伊尹、孔子并列，由此柳下惠也被称为"和圣"。柳下惠思想中的"和"，对后世影响极大，并逐渐形成了具有中华民族特色的"和文化"，比如"以和为贵""和而不同""和谐""和平""和善""和合"等，无不闪耀着古代圣贤的智慧光芒。

2. 羊续

悬鱼清门话羊氏

东汉至魏晋南北朝期间，泰山脚下的羊氏家族门庭显赫，足足兴盛了五百年。从东汉汉安帝时期的羊侵开始，羊氏男子先后有羊儒、羊续、羊祜、羊秀、羊规之、羊侃等多人位居高位，女子有羊徽瑜、羊献容两位皇后。另外，羊氏家族还有书法家羊欣、围棋圣手羊玄保、诗人羊士谔等名流雅士。羊氏家族的长盛不衰，不仅是家学渊源，更在于世代遵守的"羊氏清德"。成语"羊续悬鱼"就讲述了泰山羊氏家族门风清廉的故事。

东汉中平三年（186），汉灵帝委任羊续为南阳太守。羊续刚到南阳郡上任时，属下府丞听说他爱吃鱼，就给他送来一条大鱼。羊续推让再三，府丞执意要他收下。见推辞不掉，羊续只好将这条鱼挂在屋外的房檐下。经过风吹日晒，鱼变成了鱼干。过了一段时间，这位府丞又送来一条更大的鱼。羊续指着屋外悬挂的鱼干说："你上次送的鱼还在这，请你一起都拿回去吧。"这位府丞感到非常羞愧，悄悄把鱼取走了。此事传开后，南阳郡百姓对羊续赞不绝口，尊称他为"悬鱼太守"。

中平六年（189），汉灵帝打算提拔羊续做太尉。那时候，丞相、太尉、御史大夫为朝内三公，地位尊崇。按照惯例，凡官拜三公者，都要拿出礼钱千万送给朝廷。既然灵帝要提拔羊续当太尉，羊续必须奉上礼金。前来收取礼钱的使臣到了，羊续拿出一领单人坐席，招呼使臣坐下，然后抬起胳膊请他观看自己身上穿的破袍子，说："我的全部资产，都在这儿啦！"使臣回去后报告了灵帝，灵帝很不高兴，由于提拔羊续做太尉的条件达不到，只能委任羊续担任太常一职。羊续还未去履职，便因病去世，时年四十八岁。羊续临死时还特地立下遗嘱："丧事从简办理，不收任何人一文钱。"羊续一生廉明，两袖清风，成为以廉洁从政而名垂青史的官吏典型。

西晋杰出的政治家、军事家羊祜，也是泰山羊氏家族的著名人物，他是羊续的孙子。羊祜生活在三国鼎立时期，文武双全，西晋王朝建立后成为朝廷重臣。西晋泰始五年（269），晋武帝令羊祜坐镇襄阳。羊祜在用兵过程中，采取政治攻心的策略，对吴国人坦诚相待，规定凡投降之人，自己决定去留。西晋咸宁四年（278）冬，灭吴大功将成之际，羊祜与世长辞，享年五十八岁。

羊祜除了报效国家之外，还非常关注家乡建设。新泰在晋朝之前的两汉时期叫东平阳县，羊祜取新甫山之"新"字，泰山之"泰"字，改"平阳"为"新泰"，成为新泰市名之始。

泰山羊氏家族，对泰安地区的历史文化产生了深远影响。羊氏家族所在地原名"秃邱"，后来因为此地有羊氏之流风，所以改名为"羊流"，并一直沿用至今。时隔千年，羊氏遗风至今尚存，羊氏家族文化中诚信、清廉、敬业的传统美德依然熏陶着一代又一代羊流人。

3. 高凤

教民种菜备饥荒

明代成化年间的新泰，一到蔬菜收获时，总有一位知县穿梭在乡间小道上。

知县每到一个村庄，忙着收菜的村民们纷纷说："大家快点干，县太爷要来了。"地方甲长也赶快在各家地头催促着："大家快把自己的菜收拾好，县太爷来了要亲自过秤，谁家收的菜多有奖赏。"于是村民们加快速度，将自己田里的蔬菜收割、整理、打捆，运到地头。

知县来到田间，话不多说，让随行小吏拿出秤来，一家一户称重，登记在册。称完之后，再按各家收获的多少，排出名次，当场公布。种得好、收得多的人家得到奖赏，欢欣鼓舞；排在末尾的被当面批评，垂头丧气。

知县离去后，大家将自己的蔬菜搬运回家，该售卖的售卖，该留藏的留藏，一切井然有序。收成不好的向受赏人家虚心请教，准备回去用心钻研种菜技术，争取下次有好的表现。

好好种菜，认真种菜，俨然成为当时新泰的一大景观，也让新泰的蔬菜种植水平和数量一下子上了个大台阶。这一切都归功于时任知县高凤。

高凤，明代真定府井陉县（今河北省石家庄市井陉县）人，景泰七年（1456）成举人，成化七年（1471）被派往山东济南府新泰任知县。明代施行知县回避本籍的选任制度，即本地人不得在本地为官。这一制度的设计很有深意，新泰之外的进士、举人、贡监等坐镇新泰，承担着传播大传统文化、主导地方政务的任务，从政治、经济、军事、文化等多方面影响着本区域文化。尤其是他们从外地进入新泰，能迅速觉察到新泰的问题，从而以他们的视野与方法解决当下的弊病。

由于新泰地方偏僻，处在万山之中，因此土地贫瘠，百姓贫困，平时都没有多余的粮食和钱财，几乎不能被称为一个县。初春时节还常有青黄不接、家家断顿缺粮的情况。高凤刚进新泰的时候，看到的就是这副景象。因此，让新泰摆脱这一困局，让大家吃饱肚子就成为当务之急。

于是高凤将园圃种植的技术引入新泰，并将种植情况列入赏罚范围，进行监督。在这种政策激励下，新泰百姓开始开辟田地种植蔬菜。这样，新泰农村经济多了一条腿、多了一条路。这既增加了村民的收入，又可以让大家在每年青黄不接的时候吃饱饭，荒年的时候更可以用瓜菜代替不足的粮食，可谓一举多得。今天常见的蔬菜，在明代的新泰县已经基本都被种植了，其中离不开高凤的心血。

高凤成为新泰蔬菜规模种植的开创者，新泰经济有了活力，百姓生活变得宽裕，因此新泰百姓对高凤感恩戴德。在高凤离任新泰后，百姓们像思念父母一样思念他，后来将他列入新泰名宦祠，世世敬奉。要知道，新泰一共有七十二位知县，仅有四位被列入名宦祠，可见高凤在新泰百姓心中的地位。

后人在名宦祠里留了一首赞美高凤的诗："憩棠遗爱远，教圃种思深。雨洗千江月，风嘘万壑春。"

4. 萧大亨

功绩丰硕难辞敕封

四百多年前，明神宗朱翊钧为兵、刑两部尚书萧大亨敕建了一座墓地。四百年后，这座以王爵标准修建的陵墓仍然气势恢宏、美轮美奂。墓前的石坊、石雕成为珍贵的艺术宝藏。

萧大亨是新泰放城人，历经明嘉靖、隆庆和万历三朝，深受神宗皇帝的信任。他长期驻守边疆，对边防情况非常熟悉，是一位既了解江湖民情，又精于庙堂运作的难得人才。万历十八年（1590）五月，鞑靼发生"洮河之变"，明朝副总兵李联芳兵败阵亡；七月，临洮总兵刘承嗣又败于鞑靼，一时间边事紧张，局面呈山雨欲来之势。明朝廷匆忙召开御前会议，商议如何解决边境问题。许多大臣主张严惩鞑靼人，而作为宣大总督的萧大亨则从巩固边防的长远角度出发，反对贸然开启战端。万历皇帝支持了萧大亨的主张，授命他全权处理"洮河之变"。萧大亨数次修书劝说鞑靼首领扯力克东归，同时按照顺从朝廷和叛逆朝廷的不同行为定出了赏罚标准，使宣府附近的青把都部不敢趁机东犯，兀慎等部落对明朝廷表示了顺从。很快，边境上紧张的气氛缓和下来。

第二年正月，扯力克谢罪请归，并表示回去以后，立即归还所掳掠的洮河人口，保证以后不会再发生这样的事情。就这样，一场剑拔弩张的边界纠纷被萧大亨及时化解。

萧大亨著述颇丰，其中《夷俗记》一书对鞑靼民族的生活习俗等做了详细记述，为研究十六世纪的蒙古社会留下了非常珍贵的资料。

萧大亨一生宦海沉浮，历任兵、刑两部尚书长达十三年，他多次希望辞官回乡，皇帝均以他办事老成练达不予准许，甚至当他患病在家时，神宗皇帝还命人扶着他入朝主持军务。直到七十七岁时，萧大亨才被批准退休，回到了家乡，八十一岁时在家中去世。萧大亨死后，明神宗敕令在泰安城西南的金牛山下，为他修建了一座陵墓，这座陵墓历时五年才最后竣工，至今风貌犹存。

萧大亨墓（陈坤、赵文静摄）

萧大亨的墓坊上雕刻着一副对他一生功绩盖棺论定的对联：
"束发登朝，勋业永垂于边地；鞠躬尽节，忠勤益励于宦成。"
意思是说萧大亨刚成年就进入朝廷当官，他的一生都在边境上立
功；在任职期间他鞠躬尽瘁，不遗余力地为朝廷办事。

5. 王应修

为民请命削减王田

明万历四十一年（1613），南阳人王应修来到新泰担任知
县。到任伊始，他便把新泰当地德高望重的老人请到府上来，
听他们讲新泰的情况，了解百姓关心的问题。接着他又深入
民间，走访当地官绅，了解以往新泰的施政情况，决心为新
泰兴利除害。

万历四十三年（1615），新泰大旱。王应修遍祭新泰境内

的山川神灵为百姓祈雨，他写诗描述当时新泰的惨状时说"禾黍如焚半欲焦，忧时空复愤阳骄"，盼望着有人能从天上引下银河水来灌溉庄稼，解除民众的苦难。

这场旱灾一直持续到七月份，好不容易才下了场雨，没想到八月份又遭到霜冻，第二年又是大旱。天灾之下，新泰百姓的生活苦不堪言，人们吃草、吃树皮，甚至到了吃人的地步。面对大灾，王应修除了斋戒祈祷，给民众精神慰藉之外，还鼓励当地的大户人家向民众出借麦种，又拨出官牛二百多头帮助无力耕种的家庭尽快恢复生产。此外，他还开设粥厂供养老弱病残，捐出俸金为百姓治病。为了防范灾后流民作乱，他又招募士兵，修缮城堡。王应修想尽了法子，终于使新泰度过了灾年，生产重新恢复。

大灾之后，王应修重修了新泰儒学，希望重振教育，让新泰再次出现羊祜、鲍信一样的人物。当时新泰社学荒废已久，王应修在县衙东边和县城外西南关分别设了两处社学，恢复童蒙教育。社学建成时，百姓欢呼不止，纷纷把自己的孩子送到社学去接受教育。

王应修在新泰任职时为当地做了不少好事，而最为新泰百姓所称道的，则是他为民请命削减王田的事迹。

朱常洵是明神宗的第三个儿子，他的母亲郑贵妃很受宠爱，爱屋及乌，这个儿子也很得神宗皇帝的欢心，神宗皇帝一度想将他立为太子，但因百官的阻挠而作罢。万历二十九年（1601），朱常洵被册封为福王，万历四十二年（1614）就藩洛阳，获赐庄田两万顷。这可是一个巨大的数字，河南没有这么多的田地，于是就从山东、湖广等地划拨农田充作王田。

按照要求，王田要从山东划拨 4400 多顷，其中济南府至少要划走 1000 顷以上，摊到济南府所辖的州县中，新泰应划拨的王田就有数百顷。新泰民众知道以后人心惶惶，纷纷向县衙请命，希望官府出面去沟通，减少新泰摊派王田的数量。这时候王应修刚上任一年，他数次向上级抗争，终于把王田减少到 70 多顷，可这个数量与相邻的县相比还是多了数倍，于是王应修又请求采取均摊之法，从 70 多顷王田中再次减去了 40 多顷，这才让民众惶恐的情绪安定下来。

王应修在新泰任上干了五年，后来升任滨州知州。他走的时候，新泰民众依依不舍，自发为他立祠纪念。

6. 吴崇礼

道德胡同传美名

明朝晚期，宁阳县出了一件邻里纠纷，让官府很是为难。

当时有一位先后做过兵、刑两部尚书的吴崇礼，是宁阳县城西街吴家巷人。他幼时聪颖好学，十四岁就中了秀才，是当时轰动宁阳的神童，此后节节高升，到天启五年（1625）时，他先是任兵部尚书，后又外调为南京刑部尚书。

吴家出了这么一位高官，全族人都感到骄傲。他们觉得吴崇礼为吴家的门楣增添了光彩，于是商议着要修建一座吴氏家祠以告慰祖宗，地点就选在了城西街路北的一条胡同处。该处有一户李姓人家，是宁阳的望族，家有良田万顷，在当地颇有些势力。他们看到吴家建的祠堂占了一部分公共的胡同，于是也贴着胡同开始扩建房屋。这样一来，原来宽敞的胡同就狭窄了许多，行人走路都要侧着身子，很不方便。两家为这一墙之地发生了争吵，彼此互不相让，矛盾越来越尖锐，继而引发了两家人之间的相互敌视。县官谁都不敢得罪，眼看着争吵逐渐升级，整日里如坐针毡。

吴氏族长于是写了一封书信差人送到京城，想让吴崇礼给他们撑腰，向当地官府施压。吴崇礼收到信后，沉思良久，最后写下一首诗封在信中让来人带回。族长迫不及待地打开信一看，上面写道："千里捎书为一墙，让他一墙又何妨？万里长城今仍在，不见昔日秦始皇。"族长将信交给众人传阅，大家看后都被吴崇礼的心胸所折服，于是主动将家祠往后挪移，让出了胡同的通道。李家原是看不惯吴家仗势多占土地的行为，现在见吴家主动让出了多占的地方，又听说了吴崇礼的回诗，也深受感动，便也把多占的部分退出。两家这一退让，反而使胡同比以前更宽敞了一些。当地人为了纪念此事，就把这条胡同起名为"道德胡同"。

7. 刘光升

创立官庄稳定民生

"百姓相与食草子、树皮""野无青草""啖草饭木""赤地千里"，你可不要以为这是危言耸听的玩笑话，这可是明末《新泰县志》对新泰的真实记录。

新泰地处山地丘陵地区，可用来耕种的田地仅占县域面积的"十分之二三"，也就是不到三分之一。就是这不到三分之一的可用耕地，情况也不容乐观，大多土地贫瘠难垦。田地少，却又差繁赋重，一遇水旱，百姓顿时陷入绝境。尤其到了明代末年，水旱灾害频繁发生，但朝廷的赋税却是一分也不能少。本来就家徒四壁，又加上催征赋税的小吏天天上门，民众只剩一条活路——撂荒逃亡，于是新泰出现了"流亡载路"的凄惨景象。

万历七年（1579），中部县（今陕西省延安市黄陵县）人刘光升以贡生出任新泰知县。下车伊始，就面临灾后的惨象，能否扭转这一局面，对刘光升来说是一个很大的考验。

农业是新泰的立县之本，农民是耕种田地的最基本要素，现在人都跑没了，一切就别指望了。可要是让流亡的人回来继续耕种原有土地，然后继续纳税，而且还要补交以往拖欠的赋税，那他们绝不会回来。因此设法让流亡在外的新泰民众回归新泰田野，是当务之急。

还有什么办法呢？刘光升在空荡荡的县衙徘徊不已，心急如焚。"免税，免税。"刘光升突然想到他在家乡当秀才时刻的《黄帝庙除免税粮记》碑。"对，只有免税才能让逃亡的田户回来。"但一想到自己没有免税的权力，不禁心里又凉了半截。

心烦意乱的刘光升不知不觉中走出了县衙，环视四周山峦，突然豁然开朗："免税不行，不收税不就行了吗？山上本来就不属于收税的范围，若是允许到山上种地，自给自足，不用交税，尝够流浪之苦的民众肯定会回来。"那以什么方式让流亡回来的人集中在一起开垦荒山呢？"有了，在全县荒山之上，划出一百多块未开垦的土地，由县里提供官牛，让他们自由开荒耕种。"于是，刘光升马上回到县衙，奋笔疾书，写定告示，召唤流民回归。

消息一出，一传十，十传百，流亡在外的田户迅速归来。明人公鼐有诗："山顶牵牛破石田，一肩蓑笠湿朝烟。归来饭罢黄粱后，自掩绳枢袒腹眠。""山顶牵牛破石田"，正是新泰官庄垦荒的真实写照。新泰荒山之上出现了开荒种地的热潮，新泰的人气旺了，新泰的经济开始复苏了。

一尘不染、爱人好士的刘光升深得新泰民众拥戴，离开新泰的时候，官吏民众流着眼泪送别，并在新泰为他立生祠，以表感恩戴德之情。

今天，新泰仍有很多叫官庄的村庄，如官庄、中兴官庄、小官庄、新官庄、杨家官庄、刘官庄、东官庄、西官庄、李官庄、护路官庄等等。千万不要忘了，新泰的官庄源于明代万历年间知县刘光升呢。

8. 宋焘

青岩居讲学兴教

明万历三十六年（1608），泰山学者宋焘辞官返乡，来到泰安城里的灵芝街创建"青岩居"，开启了读书著述讲学的生涯。

一日，一位名叫王楫的年轻人，从泰安东边范镇柴家庄一路跋涉，慕名来到青岩居拜见宋焘。相互行礼之后，王楫说：

"久仰先生大名，听闻先生乃当朝进士，后学王楫求教于先生门下，恳请先生赐教。"看到王楫态度诚恳谦虚，宋焘答应收他为徒，并请他进屋相谈。王楫对宋焘说，自己先后参加了三次科举考试，但是都没有考中，十分沮丧，这次特意前来求教。宋焘先安顿王楫在附近住了下来，相互约定每隔三日到青岩居学习一次。王楫在青岩居学了半年之后，取得乡试第一名的好成绩，并最终考中进士。如此一来，青岩居和宋焘的名声扶摇直上。

之后，远近的学子们纷纷赶到青岩居拜宋焘为师，一时间青岩居门庭若市，热闹非凡。宋焘也是应接不暇，小小的青岩居，挤满了来自各地的年轻学子。渐渐地，青岩居成为明代泰安著名的"私学高地"。宋焘高徒众多，除了进士王楫外，举人尚天助等均出自宋焘门下。

宋焘在泰城办学之余，不忘著述，先后撰写了《泰山纪事》《岱下小史》《州志补遗》等多部著作，为后人留下了宝贵的财富。

清康熙四十七年（1708），泰安名臣赵国麟在宋焘青岩居故址建"青岩义社"，聚徒讲学。康熙五十三年（1714），山东巡抚蒋陈锡改名"青岩书院"。考虑到宋焘在泰安教育上的重要地位，赵国麟在青岩书院中建了祠堂，奉祀宋焘。之后，宋焘成为"泰山五贤"之一，被供奉在五贤祠内。

9. 张所存

震后修复东岳庙

清康熙七年（1668）六月十七日的晚上，热闹了一天的泰安城，渐渐地安静下来。白天在大太阳下忙碌了一天的人们，都想趁着夜晚的清凉早点歇息。突然，远处一股白气冲天而起，接着空中传来隆隆如战鼓的声音，一场史无前例的大地震，毫无预兆地发生了。大地就像涌起了波涛，城墙、楼阁、房屋瞬间被抛起，又重重跌回地面，转眼就变成了一堆堆瓦砾。根深叶茂的大树也被掀翻在地，倒塌的民房里，传出吓得变了腔调的呼喊声。地震断断续续持续了一夜，直到天光大亮，仍然还有余震。惊魂未定的泰安百姓发现，城里已经看不到几处完整的房子，到处是残墙断壁，到处是蓬头垢面、目光呆滞的人群。这是一次中国东部史无前例的特大地震，由于极震区大部分位于郯城县境内，史称"郯城地震"。

这次地震重创了岱庙，昔日帝王祭祀泰山神的巍峨庄严的岱庙，已经完全变了模样：四周高大的庙墙已全部坍塌，南门上的五凤楼依然存在，可北门上的望岳阁却只剩下梁柱；东华门、西华门以及

岱庙坊（田承军供图）

城上的门楼、四个角楼全部变成废墟，东岳庙大殿上的琉璃脊兽、瓦片全部毁坏，墙体碎塌至墙根；后寝宫、钟鼓楼、御碑楼、仁安门、配天门、三灵侯殿、太尉殿等墙体严重受损，仅依靠着梁柱的支撑，勉强没有垮塌；炳灵宫及大门、延禧殿及大门，仅存基址……于是，山东布政使施天裔上书朝廷，筹划重修岱庙，早日恢复国家祭祀重地的原貌。

康熙八年（1669）二月，得到清廷批复后，施天裔发起了岱庙修复工程，并举荐泰安武举张所存负责监督。当时张所存已经整整六十岁了。张所存，字心孚，泰安人，顺治十四年（1657）武举。张所存很有办事才干，他乐善好施，曾捐资修学宫、割上等田养育孤贫等，在泰安百姓中有很高的威望。听说让张所存做监工，大家都夸施天裔有眼光。

张所存领命监督岱庙修复工程后，先计算出工程总量，再合理推算出完工时间，全面掌控施工进度。在岱庙重修工程实施的过程中，张所存充分展现出他的调度运筹才能。

张所存亲自到南京，花了1600两白银，买了2000根杉木。又到芜湖买了10000斤桐油、200斤铜朱、400斤铜绿、400斤官粉、200斤大绿、200箱赤金以及誊黄烟子、黄香等料，雇船装载，在七月三日运回南京。张所存与南京木材店家商定，他出750两白银作为运费，让店家用绳缆将杉木扎成8个木排，交给排夫沿运河运往济宁。

七月八日，张所存用猪羊作为牺牲在木排上祭祀江神，留下两名看守跟随木排，自己则乘船装载从芜湖买来的桐油等材料先行回泰安。他们沿运河北行，八月十五日到达济宁，然后雇车把桐油等材料运回泰安州。

杉木排雇用 300 多名纤夫拉纤，七月十五日从南京出发，直到第二年八月才抵达济宁。张所存又到济宁将木排卸到岸上，雇了 600 多辆车，花了 1000 多两白银，才运至泰安。

然后他又在泰安四乡采买 2000 余株榆杨树，差人到山西阳城县买了 4000 余斤铅。又在岱庙西廊后边建了 3 座琉璃窑，用来烧制琉璃脊兽、瓦片等建筑材料。他还征集了 400 位木匠、泥水匠等，分工协作，共同完成岱庙修复工程。

在张所存的努力下，岱庙修复工程历经十年，终于在康熙十七年（1678）四月完成。修复后的东岳庙，殿、堂、廊、庑及四周庙墙焕然一新，庙内各院栽植松、柏、杨、槐、银杏等树六百余株，新增鲁班殿及玲珑石坊一座。被郯城大地震摧毁的岱庙，重展生机。

为了纪念此次岱庙修复工程，施天裔撰写《重修东岳庙记》，刻录成碑，立在岱庙天贶殿南。这座石碑的碑阴，是张所存撰写的《重修岱庙履历纪事》，其中详细记叙了张所存此次修复岱庙的经过。除了重修岱庙外，张所存还主持了青帝观、东岳上庙、玉皇顶、神憩宫、泰安名宦祠、济南三元宫等重修工程。清初泰山建筑的修建，张所存可谓功不可没。

10. 赵国麟

漫游徂徕留佳文

清康熙四十八年（1709），赵国麟高中进士。但是，让所有人没想到的是，赵国麟并未就此出仕，步入官途，他还是稳稳当当地在泰安青岩学社讲学授书，继续过着教书育人的寻常生活。

一天，徂徕山的邱道长拜访赵国麟，还送来三个木瓜做礼物。这木瓜个头真大，比平常见到的足足大出一倍，颜色深黄，香气扑鼻。赵国麟的妻子好奇地问："哪里的木瓜，长得这么大？"当得知木瓜产自徂徕山礤石峪时，不禁连连称奇。赵国麟一边把玩着木瓜，一边说道："邱道长，我对徂徕山神往已久，可惜一直未能成行。不如过几天在你回徂徕山的时候，我和你一起，去玩几天吧。"邱道长很爽快地答应了。

到了约定的那天早上，赵国麟带着妻弟还有仆从二人，与邱道长一起出发了。他们出泰安城不久，就在汶河岸边发现了宋代著名学者"徂徕先生"石介的墓葬。面对泰安文人的前辈，赵国麟自是少不了一番凭吊悼念。进山后走了不远，邱道长指着一座山峰说："竹溪六逸堂就在那座山的下面。"刹那间，赵国麟的脑海中，浮现出了李白、孔巢父、韩准、裴政、张叔明、陶沔六人在这里举杯邀月、纵酒酣歌的场景。"昨宵梦里还，云弄竹溪月"，李白的诗句从赵国麟的嘴里脱口而出。

来到徂徕山后，赵国麟得到了高静远、高希成两兄弟的热情款待。他们先是在高静远家里开怀畅饮，纵谈徂徕名胜；后来高希成又在二圣宫附近的一块平顶巨石上摆下酒宴，大家推杯换盏，尽享山水之乐。赵国麟在山野之中，大杯饮酒，与大家谈论的不是文章丝竹，而是山中鸡犬桑麻，他感觉就像来到了陶渊明笔下的桃花源。一起游览的人，也都觉得心旷神怡，乐而忘返。

赵国麟先游览了供奉老子和孔子的二圣宫，探访前朝隐士旧迹，而后又翻山越岭前往礤石峪。在路上他们发现了狼道，随后在黄昏时果然听到附近狼群的嚎叫声。紧急时刻，幸好接应他们的小道士及时赶到。这一段看似惊险的遇狼经历，凸显了徂徕山的幽深荒僻。

来到礤石峪后，山中老农带来鸡和酒，帮助道人待客。夜宿山中隐仙观，与住持道长娓娓长谈，栖息于悬崖绝壁之上，无不让人心生向往。邱道长向赵国麟发出立夏、深秋时节，再来徂徕山赏景的邀请，赵国麟毫不犹豫地答应了。两人相约，待到樱桃熟透、红叶满山的时候，一起踏遍徂徕山的山谷沟壑。

赵国麟又在山中盘桓两日，这才告别高家兄弟，踏上归程。回到家后，赵国麟提笔写下了《游徂徕山记》这一千古名篇。徂徕山之行，让赵国麟感慨颇多，尤其是在旅途中看到的数百上千块像蛙、像羊的石头，让他赞叹不已。他深深地感受到，泰山高大挺拔，雄浑壮丽，但是泰山的名气并不是来自山上的岩石；而徂徕山是泰山的支脉，却是以山上的奇石怪岩而出名。

赵国麟用自己的亲身经历描绘着家乡的美景，讲述着乡间的宁静生活，让人浮想联翩，非要一睹为快不可。

11. 唐仲冕

陶山守墓念母深

清乾隆三十三年（1768），唐仲冕父亲唐焕出任平阴知县，十七岁的唐仲冕随父母来到平阴。唐仲冕从小就喜欢游山玩水，寻幽探古。来到平阴后，他听说平阴城东有座陶山，不仅景色秀丽，更有古人遗迹留存。于是，唐仲冕与朋友乘兴前往，陶山果然让他们流连忘返。此后，唐仲冕又多次游览陶山，尽兴方归。母亲谭氏见他乐此不疲，便打趣地称他"陶山迷"。

乾隆三十五年（1770）十一月，母亲病逝，唐仲冕悲痛欲绝。当时唐焕家中贫困，无法把妻子归葬湖南善化老家，于是唐焕对唐仲冕说："齐人爱我如父母，我们就把你的母亲葬在陶山之阳吧。"乾隆三十九年（1774），唐仲冕一路赤脚扶柩送母，伤心之下，双足血染路石仍茫然不知。母亲下葬完毕后，唐仲冕在墓旁搭建起一个草棚，为母亲守孝三年。在此期间，为遵循母命，唐仲冕不敢荒废学业。他在陶山之阳的修德书院刻苦读书，空余时间走遍了陶山的每个角落。三年的守墓时间，让他阅历渐增，学识大长，他的名气也随之逐渐传开。乾隆四十六年（1781），唐仲冕应泰安地方官员的邀请，前往主持泰山书院。在泰安治学期间，唐仲冕常回陶山祭母，每每触景生情，吟诗填词，寄托哀思。其中有一首这样写道："登高节近奈愁何，此际西风怅触多。卅载生涯常作客，十年荒陇几回过。"唐仲冕感叹年近三十还是客居他乡，母亲去世十年了又忙来忙去没有祭拜过几回。

乾隆五十八年（1793），唐仲冕考取进士，步入仕途，最终官至陕西布政使、代理巡抚。为官在外的唐仲冕，时时刻刻牢记母亲的教诲，勤勉有加，政绩卓著。唐仲冕年迈辞官后，客居在金陵(今南京)。道光三年(1823)，七十三岁高龄的唐仲冕仍然坚持北上陶山，亲自祭扫母墓。道光皇帝得知后深受感动，为表彰唐仲冕的政绩及孝行，特恩赐唐母

唐仲冕母墓（王新华摄）

为夫人，准许在唐母的墓前立石人石马等，并刻立神道碑。

道光七年（1827），唐仲冕病逝于金陵，享年七十七岁。弥留之际，唐仲冕嘱咐儿子唐鉴将自己的遗体运回陶山，永远陪伴在母亲的身边。唐仲冕对母亲的至孝至诚感天动地，对后世影响很大，被奉为孝道的楷模。

12. 颜希深

祖孙三代传官箴

"吏不畏吾严，而畏吾廉；民不服吾能，而服吾公。公则民不敢慢，廉则吏不敢欺。公生明，廉生威。"这短短三十六个字，道出了为官之本，字字警策，句句药石。这段官箴创立

于明代，到了明弘治十四年（1501），泰安知州顾景祥把它刻于石上，立在泰安州衙内，成为我国最早的官箴刻石。

顾景祥刻官箴碑之后，影响不大。这则官箴的传播，与清代"一门三世四督抚，五部十省八花翎"的颜氏家族有密切关系，特别有赖于颜希深、颜检、颜伯焘祖孙三人的传承和弘扬。

清乾隆十八年（1753），又一任泰安知府上任了，他就是颜希深。颜希深是广东人，自幼受到严格的家庭教育。他在担任太原府同知的时候，就因办事得力不扰民受到乾隆皇帝的赏识。来到泰安后，他偶然在府衙的残壁上看到了顾景祥刻下的官箴碑，反复诵读之后，觉得很有道理，便命人依照原碑文重新勒石镌刻并题跋，然后把碑石立在公署西厢房内，当成自己为官的座右铭。从此以后，不管走到哪里，颜希深都把官箴碑的拓片带在身边，时时刻刻约束自己。

颜希深在泰安的时候，主持创建了泰安试院、书院，修了府志。他还清查漕粮，禁止征收额外的钱粮。被提拔为福建布政使后，他发现三年巡察一次台湾的制度由于形势的变化早已成为徒具虚名的摆设，于是上疏皇帝建议将其取消，这也足以看出他恪守官箴、实事求是的作风。因为政绩卓著，颜希深后来先后担任了湖南巡抚、兵部侍郎、贵州巡抚、云南巡抚等职，终因积劳成疾死在了任上。

在颜希深的熏陶下，他的子孙也以践行官箴、传播官箴为荣。嘉庆十九年（1814）七月，他的儿子颜检担任山东盐运使，泰安知县汪汝弼送给他一张官箴碑拓本。嘉庆二十年（1815）颜检升任浙江巡抚后，将此官箴碑拓本摹刻于碑后，镶嵌在衙门大厅里。道光三年（1823），颜检之子颜伯焘被任命为陕西延榆绥道，他就职的时候携带着颜检所刻官箴碑的拓片。道光四年（1824），颜伯焘把拓片寄给长安知县张聪贤，请他重加摹刻，放置在西安碑林中，现仍保存在西安碑林中。

13. 王懿德

尊师三坐三不坐

宁阳名士周百顺致仕回乡后，每日里除了教授学生，就是研究学问，好不优哉游哉。

提起周百顺来，他在宁阳可谓家喻户晓的人物。周百顺自幼天资聪慧，勤奋好学。虽然家庭贫困，但仍坚持苦读不怠。周百顺青年时期从老师陈懋存那里继承了正统儒学，又得到了阮元、戴均元、刘凤诰等大家的赏识和鼓励，最终金榜题名，高中进士。踏上官途后，周百顺不忘师恩和前辈的提携帮助，处处爱惜青年学子。在他担任河南、湖南的乡试同考官时，特别留意选拔出身贫寒、德才兼备的青年才俊，广受赞誉。

周百顺在公务之余，也教授学生。经过他的培养，不少弟子也步入仕途，其中官职最高的是闽浙总督王懿德。王懿德，河南祥符县（今开封市祥符区）人，曾任山东兖沂曹济道。关于周百顺和王懿德还有一个"三坐三不坐"的故事，一直流传至今。

一天，周百顺在学生的陪同下，前往盖云寺。来到盖云寺门前，他们发现一个年轻人倒卧在地。周百顺忙招呼学生把年轻人扶起来唤醒，原来此人名叫王懿德，是个穷书生，此番进京赶考，结果却名落孙山，因没有回家的路费，只好一路乞讨，稀里糊涂就来到了这里。他看到不远处有一座寺院，想到里面讨口饭吃，没承想还没进门，就因累饿交加昏倒在地。

周百顺听王懿德言语不俗，看他满脸书卷之气，顿时心生爱才之意，随即命学生将王懿德抬回家中，精心照料。经过一段时间的调养，王懿德恢复了健康。他听说周百顺曾高中进士，心中十分钦佩，提出想拜师的想法，周百顺含笑应允。自此以后，王懿德就留在了周百顺的家中。王懿德学习用功、基础扎实，悟性也很高，再加上周百顺的悉心点拨，故而学业进步很快。他再次进京考试，果然也中了进士。王懿德感念师恩，一有机会就来宁阳看望老师。后来，朝廷委任王懿德担任山东兖沂曹济道，这下离老师就更近了。这不，王懿德上任不久，就来宁阳看老师了。

当时的宁阳属于兖州管辖，宁阳知县听说上司来到自己的地盘上了，赶紧前往石碣集村去拜见。在周百顺家里，王懿德听老师说了宁阳知县贪财，不时向老百姓加派租税的事情后，心中颇有不快。恰在此时，随行人员来报：宁阳知县来到门外，恳请拜见兖沂曹济道大人。王懿德一听宁阳知县求见，忽然心生一计，于是假装没有听见，继续与老师讨论文章，指点古今。就这样，宁阳知县在门外等了足足一个时辰。周百顺实在看不下去了，说道："让一位知县大人这样等着，不符合礼法啊，快让他进来吧。"这时候，王懿德才让知县进门参见。

知县进来后不久，就到了吃午饭的时间。酒席已经摆下，可是如何安排几位大人的座位，让人犯了难。按照当时官场上的规则，王懿德是山东兖沂曹济道，官职最高，理应上坐。但是，在老师家里，王懿德怎么敢上坐。王懿德请老师上座，周百顺却说自己辞官后即为平民，有知县在，他不便上坐。接着，周百顺诚心请知县上首座。可是，王懿德刚刚给了知县一个大大的下马威，知县自是不敢造次，连连推让，坚决不上坐。眼见他们三人推来让去，饭菜都要凉了。最后还是周百顺提议，把用餐的八仙桌调整一下角度，一角对门，一角对中堂，空出正中，三人分三角坐下。大家齐声说好，这才坐下开席。

王懿德"三坐三不坐"的尊师故事，至今仍在宁阳流传着。

14. 黄恩彤

巧断蚰蜒案

"一半是非一半闲，一半兵戈一半田。一生荣辱写青史，只把彩山当金銮。"这首诗的主角叫黄恩彤，宁阳县蒋集镇添福庄人，清末大臣，道光年间曾做过广东巡抚。他在做刑部主事的时候，凭借细致的观察和过人的机智判了一件人命案子，从此得到了皇帝的赏识。

当时有一位书生，刚结婚三天就去世了，经仵作查验是死于中毒。好好的一个人，又没出过门，能被谁下毒呢？家里人左思右想，觉得书生之死肯定与他刚娶的媳妇有关，于是就一纸诉状告到了黄主事那里，要求黄恩彤为他们做主，严惩谋害亲夫的妇人。

黄恩彤仔细看过状子，又亲自验过尸首后，把书生的父亲和媳妇都传到堂上来。黄恩彤先询问书生结婚前后的情形，书生的父亲说："虽然结婚的时间短，可当时看着他们俩确实恩爱，没想到全是装的，不然我儿子好好的怎么会忽然死了？请青天大老爷为我做主。"想起老年丧子，书生的父亲忍不住号啕大哭起来。另一边书生的媳妇也是边哭边喊冤枉，一时间堂上哭声此起彼伏。黄恩彤先安抚住老人家，然后叫那媳妇把书生去世当日的情形仔仔细细地说一遍，一点儿也不要遗漏。

媳妇说："那天夜里，我丈夫正在书房读书，我怕他饿了，就沏了一碗鸡蛋水，在里头滴了几滴香油给他送过去。看他读得认真，就没敢打扰他，把碗放在桌子一边，我就走了。谁知一直到半夜都没见他回来，我就去书房找他，没想到他已经死了。"说完又哭起来。

黄恩彤听完双方的供词，并没有急着做判断，而是带上衙役来到书生家里，在书房里仔细查看。他让那媳妇指明当日放碗的地方，然后围着书桌上下左右地观察起来。当他顺着放碗的地方向上看时，发现房梁上正对着碗的位置有一个窟窿，黑乎乎的，不仔细看根本看不出来，于是他叫那媳妇当夜在同样的地方又放上一碗滴了香油的鸡蛋水。

第二天上午，黄恩彤当着众人的面把那碗鸡蛋水给狗喝了下去，谁知没一会儿的工夫，狗就死了。黄恩彤这下心里有了数，立即命令衙役把房梁上的窟窿堵死，再把那截房梁锯下来放到火里烧。不一会儿，从锯下的房梁里爬出来了一只大蚰蜒。蚰蜒是一种有毒的虫子，长得和蜈蚣很像，喜欢在晚上出来觅食。那晚藏在房梁上的蚰蜒被香油的味道吸引，忍不住从窟窿中伸出头来，毒液滴到了鸡蛋水里，被书生误喝，不幸中毒身亡。于是黄恩彤判书生的媳妇无罪，放她回家去了。黄恩彤巧断蚰蜒案的故事一直流传了下来。

15. 许之瑞
怀德书院兴教育

清咸丰年间，安徽江苏一带的捻军四处攻掠，朝野上下一片紧张，各地州县纷纷加固城墙，储粮备战。在这兵荒马乱、人心不安的时候，泰安府通判许之瑞除了加紧防御、抵抗捻军之外，还在筹划着设立书院，开办蒙学。许通判为何在战事正要紧的时候兴建书院？至今在民间仍然流传着一个故事呢。

据说有一天晚上，许之瑞小醉之后卧于堂前，忽然看见一位穿白衣的夫人飘然而至。许之瑞惊奇地坐起来，问这位夫人的姓名，白衣夫人却笑而不答。她开口道："请随我来。"许之瑞非常诧异，迷迷糊糊地就跟着她走了。到了一处风景秀丽的地方，白衣夫人站住不动，叹了一口气说道："这里是楼德，本来物华天宝、人杰地灵，从上古以来有德之人不计其数。然而近年来，人心不古、世风日下，想想就让人痛心不已。"许之瑞心里明白了，也长叹一口气，问道："那夫人想怎么办呢？"白衣夫人回答道："《论语》中说：不学礼，无以立；不学诗，无以言。现今能挑起学诗兴礼重任的非你莫属啊。"许之瑞顿时觉得惶恐不安。白衣夫人指了指说："这是一块风水宝地，你可以在这里兴办书院教化乡村子弟。如果办成了，你功不可没，就可以名垂青史了。"白衣夫人说完就不见了。许之瑞大惊，一下子吓醒了，抬头一看外面明月当空，自己正躺在堂前，原来是一场梦。想起梦里的事，许之瑞惊奇不已。第二天，他把这个梦讲给身边的人听，大家都说这是娄氏夫人托梦给他。

于是，许之瑞赶紧召集德高望重的士绅商议办学之事，大家听后一致赞同。说干就干，为了筹措款项，许之瑞把自己的养廉银捐了出来，在他的带动下，各级官吏及商家都积极捐款。这时，楼德本地举人卢运常听说泰安府许通判捐资在楼德兴建书院，拍手称快，大呼："好！好！好！"他立即将家中地契找出来，精心挑选了十几亩地拿去抵押换钱，然后送到许之瑞那里，作为建设书院的经费。许通判对卢举人的善举大加赞赏，非常恳切地表达了谢意。这让卢举人大为感动，之后他又协助许通判为书院置办田地，并聘请远近有名的老师前来授课。书院当年内就建成了，许通判选取"念故人之德"之意，将书院命名为"怀德书院"。

一时间，怀德书院声名鹊起，各乡学子纷纷前来求学。楼德书院招生是有限制的，只招收泰安府辖境内二十六个地方的学子，也就是说，这是一所专门为泰安府培养人才的地方。

后来，捻军北上，所到之处断壁残垣，书院也因此一蹶不振，逐渐衰败。直到光绪十五年（1889），山东巡抚张曜命人清查书院资产时，委派士绅专门管理书院，怀德书院才得以重振学风。光绪三十一年（1905），新式教育兴起，怀德书院也改成了高等小学。

怀德书院坐北朝南，厅房前有月台，上面有砖砌古花纹墙，房中有雕花格扇，并有后门可以出入。如今，怀德书院遗迹犹存，书院门口的两棵古老的芙蓉树都在讲述着许通判建书院的善举。

16. 冯玉祥

心系泰安百姓

泰山凌汉峰下有一座冯玉祥墓，墓由花岗岩砌成，墓壁正中是冯玉祥将军的浮雕头像，下面镌刻着冯将军的自题诗。陵墓南面有一座单孔石拱桥，桥上立着铁花栏杆，拱楣镌刻隶书"大众桥"三字。这座桥是冯玉祥将军 1935 年隐居泰山时捐资修建的。

当时，樵夫打柴、农夫下地、学生上学，都要经过泰山西溪，而这里并没有桥，仅有几块歪歪倒倒的石头垫脚。老百姓背着柴、扛着锄头从这里经过时，都要提心吊胆踩着那几块石头过河。夏天山洪暴发时，这里的交通就中断了，每年都有冒险渡河的人被洪水卷走丢了性命。冯玉祥知道后，决定在这里修一座桥，确保老百姓从从容容地过河。

　　于是冯将军节衣缩食，自筹资金三千多元，召集起木工、石工、泥工、铁工等几百人，从1935年的六月中旬动工，历时三个多月，终于修成了一座石桥。在石桥的落成典礼上，冯将军亲自书写了"大众桥"三个大字。他说："一边是穷苦社会，一边是快乐社会，我们努力搭成一座桥，使一切贫苦同胞均经此桥过，得到极快乐的生活，那才是最有意思的工作。"为此他还专门写了《大众桥记》来纪念这件事情。

　　冯玉祥始终心系泰安百姓，在泰山隐居期间经常走到百姓中间，跟他们聊天，了解他们的疾苦和愿望，为百姓做了不少好事。为了解决泰安居民的饮水问题，他还在普照寺前凿泉成池，取名"大众泉"；又在王母池前凿出一泉，取名"朝阳泉"。

冯玉祥墓（赵文静摄）

　　他看到山区人民祖祖辈辈没学上，因为不识字，被人欺骗了也不知道，于是决定兴办学校。他说："教育不猛进，国弱大众贫。"他千方百计聘请教师，动员群众，给大家宣传读书识字的好处，又拿出国民党政府给他的薪金，与爱国教育家范明枢先生合作，在泰安创办了十五所贫民小学，以半工半读的形式招收了大批贫民子弟入学，从此泰山脚下响起了琅琅的读书声。

冯玉祥创办的小学贴近实际，不但有语文、算术，还有历史、地理、自然、音乐和体育等课程，不但启发了孩子们的心智，同时强健了孩子们的体魄。直到现在，普照寺下还有一所小学名为"冯玉祥小学"，它的前身就是冯玉祥创办的十五所贫民小学之一。

（四）乡土记忆

1. 子路村

仲子读书滋露村

两千五百多年前，周游列国的孔子与弟子一行众人，从卫国前往齐国。一路的奔波劳苦，让孔子和弟子们疲惫不堪。"快看，前面有个村庄。"走在队伍最前面的子路，手指前方，大声地叫了起来。坐在车上的孔子，手搭凉棚，顺着子路指的方向看去，果然，不远处出现了一片村舍，有几家房屋上的烟囱口，还冒出了白色的炊烟。孔子对其他弟子说："前面有人家了，我们到了那里，找个做饭的地方，好好休息一下。"大家闻听此言，不由得精神一振，加快了步伐，很快来到村庄前。

孔子下车，由子贡和冉有陪着来到村口的一户人家，经过一番打听，得知这个村子叫作滋露村，村子不大，都是以耕种为生。颜回借用这户人家的锅灶，淘米做饭，其他弟子陪孔子在院中休息。子路觉得离吃饭还有一段时间，就从行囊中取出一卷书，离开众人，来到院外一棵大树的树荫下，认真地读了起来。

一名弟子由衷地赞叹道："如此辛苦还不忘读书，子路真的是好学啊！"看着子路苦读的身影，孔子对弟子们说："仲由不仅好学，他还是一位至孝之人呢。"接下来，孔子给弟子们讲起了子路孝敬母亲的故事。子路是孔子早期收下的一个学生，他拜入孔子门下后，一边认真学习，一边努力照顾好家里的父母。孔子慢慢发现，每隔一段时间，子路总要请几天假，每次回来，又总是一副非常劳累的样子。孔子问子路是何缘故，子路这才向孔子细说缘由。原来子路的母亲喜欢吃外地生产的一种米，子路不惜往返奔波百里前去背米。为了能让母亲早点吃上香喷喷的米饭，子路在路上从不多耽搁时间，总是昼夜兼程。看到母亲开心的样子，再苦再累他也觉得很值。众弟子听了孔子的一席话，不由得对子路更加敬佩。

滋露村的村民，感念子路勤于学习的精神，为了教育后代，就把村名改为"子路村"。随着子路的名声越来越大，人们在这里修建了仲子祠，也称作"子路读书处"。如今，在东平县斑鸠店镇子路村，子路好学的精神，依然激励着一代又一代年轻人。

2. 古博城

泰安三迁留下旧县村

滔滔汶河水，巍巍徂徕山。徂汶景区的旧县村，就坐落在这青山绿水之间。旧县村看上去很普通，似乎与周围的村庄没有什么两样。但是，有关旧县村的历史记载和考古发现告诉我们，这里曾经是泰安城的前身。早在两千五百多年前的春秋时期，泰山附近的第一个城市——博邑，就建立于此。从设置博邑开始，一直到宋开宝五年（972），宋太祖将奉符县迁往岱岳镇为止，泰安先后经历了三次迁移，"旧县"就是得名于此。

春秋时期，鲁国在泰山附近设置的最早的城市就是博邑，后来被齐国吞并。秦始皇统一全国后，实行郡县制，在泰山以南设立博阳县，作为济北郡的郡政府所在地。自春秋时期到汉武帝前的四百多年的时间里，博邑城一直是泰山南麓的政治、文化中心。

西汉元封元年（前110），雄才大略的汉武帝刘彻，带着满满的自信与骄傲，率领着千军万马，到泰山举行封禅大典。为了庆祝封禅圆满成功，汉武帝在泰山东边，从嬴、博两县中各划拨出一部分土地设立了一个新的县，用来供奉泰山，县名叫作"奉高"，意为"奉祀高山"。奉高城是历史上第一个因供奉泰山而专门设立的城市。第二年，汉武帝又下令把泰山郡治所移到奉高城。这是泰安城第一次迁移。

奉高城，自汉武帝设立至隋初，一直是东方名城。由于汉武帝八次东封泰山，以及后来东汉光武帝刘秀、章帝刘炟、安帝刘祜等帝王不间断地封禅、祭拜泰山，带动了当地经济的发展，泰山东麓日益繁荣。

隋唐时期，泰山南麓渐渐成为登山的主线，奉高县奉祀高山的作用大大减弱。隋大业元年（605），隋炀帝将岱山县，也就是原来的奉高县并入博县，将奉高城改名为玉注镇。这是泰安城第二次迁移。

唐乾封元年（666），唐高宗李治与皇后武则天共同封禅泰山，将年号改为"乾封"，同时还将博城县改名为乾封县，赋予乾封县纪念泰山封禅的独特意义。从此，乾封县城（今旧县村）代替奉高成为岱南第一重镇。

由于唐高宗、唐玄宗封禅泰山，泰山神东岳大帝的影响力越来越广，进而来泰山进香、祈福的人越来越多，以东岳庙（岱庙）为中心区域的人口迅速聚集。唐朝末年在这里设置岱岳镇，五代时修建起寨墙，设置地方官吏管理，由此形成了今天泰安城区的雏形。

宋代建立后，泰山在国家政治中的地位更加重要。宋开宝五年（972），宋朝开国皇帝宋太祖赵匡胤下诏，凡五岳所在地，县城不在岳庙附近的，都要迁到岳庙附近。根据宋太祖的诏令，乾封县在岱岳镇筑城，将乾封县治从博县迁到岱岳镇，今天的泰安城区开始成为县级行政中心，泰安城也终于"三迁定址"，最终建立在泰山脚下。县城博城随之又一次衰败下来，时至今日，最终成为汶河岸边一个普通的村庄。

3. 东疏西疏

叔侄辞官归故里

两千多年前的西汉时期，泰山之南的宁阳县，出了疏广、疏受叔侄两位名臣，二人一起担任太子刘奭的老师，深得汉宣帝刘询的信任。后来，叔侄二人携手功成身退，同归乡里颐养天年，一时传为天下美谈。

疏广、疏受的祖上是东海兰陵（今临沂市兰陵县）人，后来迁至宁阳。疏广自幼聪明好学，尤其对《春秋》一书见解独到，阐义精辟，吸引了很多远方的学者前来请教，成为当时非常有名的经学大师。疏广待人宽厚有礼，教育弟子循循善诱，博得了人们的尊敬。他的名声逐渐传到朝廷，汉宣帝刘询听说后很是赏识，颁下诏书征疏广进京就职。

疏广来到长安后不久，就被汉宣帝选为太子少傅，专门辅导太子刘奭读书。因疏广施教有方，太子学识精进，汉宣帝欣喜之余，提拔疏广为太子太傅。这个时候，疏广的侄子疏受被地方官员举荐为贤良，也应召来到长安，担任太子家令。从此以后，叔侄俩朝夕相处，共同辅助太子刘奭读书。汉宣帝看到疏受和疏广一样尽职尽责，把太子交给叔侄俩很放心，于是也提拔疏受为太子少傅。每次太子朝见汉宣帝时，太傅疏广在太子前引导，少傅疏受在太子后跟随，朝廷里的大臣都很羡慕叔侄二人的荣耀，认为他们将来在朝廷上一定会大有作为。

太子刘奭长到十二岁时，学业有成。一天，疏广对疏受说：

"我曾听说一个人懂得知足，就不至于遭受屈辱；能够及时退让，就不至于遇到危险。有了一定的功劳，就要及时退让，这才是符合天道的做法。现在我们官居高位，俸禄优厚，如果此时不退位让贤，恐怕将来后悔就晚了。看来，咱们该回归故里，颐养天年了。"疏受对叔父的提议十分赞同。随后，他们就向汉宣帝上书，恳请恩准告老还乡。这便是西汉年间著名的二疏"功遂身退"的故事。

疏广、疏受回到家乡后，为家乡做了很多好事。他们每天让家人摆下酒饭，款待家族亲戚以及朋友宾客；他们开设学馆，不收取学子分文。有人劝疏广应该给子孙后代多购置些房屋田产，以保障后代的生活。疏广回答道："我不是不为子孙后代考虑将来。现在家里有的这些房屋田产，只要他们勤力劳作，足以过上有饭吃、有衣穿的普通人的生活。如果给他们购买过多的房屋田产，就会让他们变得懒惰。贤德的人如果钱财多，会降低他的志向；愚蠢的人如果钱财多，会增加他的过失。况且，有钱人往往也容易招来众人怨恨。我现在没有教化子孙的能力了，也不希望增加他们的过失。我所拥有的金钱是皇帝赏赐给我养老的，我很愿意和族人同乡一起享受皇上的恩德。我用这样的方式了却残生，不也很好吗？"疏广的一席话，让子孙们心悦诚服。

疏广、疏受去世后，人们为了纪念这两位宁阳的先贤，将他们的居住地分别命名为"东疏"和"西疏"，并一直沿用至今。

4. 东平州

千年古城话州城

北宋咸平三年（1000）五月，黄河在郓州（今东平县）东南突然决口。滔滔河水，如同脱缰的野马，一头撞进广袤的田野之中，大片的庄稼、无数个村庄瞬间就被吞噬了。虽然有城墙的保护，但是洪水过后，郓州城仍然损失惨重，官衙民宅倒塌无数，粮食财物被大水洗劫一空，大批百姓饥肠辘辘、无处安身。北宋朝廷很快就接到郓州的灾情报告，在宋真宗赵恒的召集下，群臣纷纷献计献策，最终决定另择高地，修筑新城，迁移百姓，躲避水患。

郓州新城从咸平三年（1000）八月开建，集中了全州的人力物力，不分昼夜，连续施工。终于在次年五月，一座周长二十四里的新城建成了。郓州新城，也被称为州城。一百多年后的北宋宣和元年（1119），郓州升为东平府。后来，金国打败北宋，占领山东地区，建立山东西路，首府设在东平府。此时的山东西路，管辖一府八州，一府即东平府，八州分别是：德州、博州、泰安州、济州、兖州、滕州、徐州、邳州。这个辖区相当辽阔，相当于今鲁西北、鲁西南、苏北地区，此时的东平府城相当于现代的山东省城，这是州城历史上的高光时刻。

州城的经济繁荣与大运河紧密相连。州城地处古济水、汶水和运河交汇的地区，是沟通运河南北漕运的一个重要城镇。金元时期，州城的手工业、商业、水运业就很发达。十三世纪意大利旅行家马可·波罗，曾在游记中这样形容当时的大运河东平段："大河上千帆竞发，舟楫如织，数目之多，简直令人难以置信。"

州城地处齐鲁大地，深受儒家思想的熏陶，文化深厚，名人辈出。在中国传统启蒙教育的经典读物《三字经》中就有这样几句："若梁灏，八十二。对大廷，魁多士。"说的就是州城"父子状元"中，父亲梁灏的故事。北宋时期，东平州城的梁灏、梁固父子，先后在科考中一举夺魁，成为我国历史上唯一的一对"父子状元"。州城人民以此为荣耀，为他们修建了父子状元坊。

古代的州城，先后有许多文豪相继在此任职。"宋初三先生"之一的石介任郓州观察推官，"连中三元"的北宋名相、诗人王曾到郓州任通判，"两度入相"的富弼被排挤后出知郓州，"三朝宰相"韩琦出知郓州，司马光到郓州任通判……更有大家聚会，留下了脍炙人口的美文佳作。比如，司马光《奉和始平公忆东平》、苏轼《和鲜于子骏〈郓州新堂月夜〉》、王安石《送郓州知府宋谏议》、欧阳修《送郓州李留后》、曾巩《郓州新堂》、黄庭坚《出城送客过故人东平侯赵景珍墓》、韩琦《过梁山泊》、文天祥《东平馆》……

每一座城市，都是一部历史。让我们跨越千年，品读古今东平州城。

5. 白鹤泉

举人挖池建别墅

明嘉靖年间，泰城东关的封家园内，出了一位年轻的举人名叫封尚章。他家境优渥，为人热情好客。

封尚章中举回到泰安后，一直想修建一座别墅招待亲朋好友。可是在给别墅选址的时候却让他犯了难：若是建在泰山上，景色虽好，但维护与修缮非常艰难；若是建在城区繁华之处，宴客时又缺少景观助兴，如此一来宴会的气氛也将大打折扣。

这一天，封尚章从泰城北门出城，打算到泰山上散散步。当他走到岱宗坊附近时，看到有山民挑着水桶从上面走下来，便问道："老人家，您这水是从哪里打的呀？"山民十分爽快，见有人问，便放下担子，擦把汗说道："就在前面不远处的白鹤泉取的。那里的泉水十分有名，不但水质甘冽，而且常有白鹤落在泉旁休息嬉戏，大家都说那泉里的水是神水，喝了能强身健体、延年益寿。"封尚章听后大喜，立刻顺着山民的指点找到了泉池，只见泉水清冽，泉眼处奔突涌动。抬头望去，泰山矗立面前，仿佛一个巨大的山水盆景。这里不正是修建别墅的好地方吗？

封尚章回家后，立刻找来工人设计图纸，开始在泉旁修建别墅。别墅建好后，封尚章又在别墅中开辟了一个池沼，直接把白鹤泉里的水引进水池来养鱼种莲。泰城人把这个池子称为"封家池"。

一切准备妥当后，封尚章便邀请好友前来做客。众人来到别墅后，只见翠竹掩映着一片青砖红瓦，院中池水里金鱼成群，院旁清泉蓬勃喷涌。推开窗户，北面苍绿的泰山映入眼帘，耳边潺潺的泉水声驱散了夏日的酷热，众人忍不住啧啧赞叹，夸奖封尚章选址的精妙。

封尚章取出用白鹤泉水酿制的美酒与大家痛饮，众人皆尽欢而散。此后，封尚章便常在别墅内设宴招待朋友。即使不认识的人，只要敲开别墅的大门，封尚章也热情招待，一时封家别墅热情好客的名声广为传播。

封尚章过世后，封家家道中落，渐渐入不敷出，但来白鹤泉别墅赏泉饮宴的人却一直没有中断过，这让他的家人苦不堪言。于是封家人便用十二口大铁锅，穿上杉木填满沙石将泉眼堵死，泉景就这样消失了。从此，白鹤泉旁再也没有了往日的热闹。

6. 青云山

敖山助力平步青云

新泰青云山在古代被称作"敖山"。在当地百姓的眼中，这座只有 495 米高的小山是座祈雨灵验的神山，早在春秋时期之前就开始享受国家的祭祀了，宋徽宗的时候还因此加封它为"溥灵侯"。敖山虽不高，名气却不小，在当地还流传着一个故事呢。

原来的泰山不像现在这样顶部平坦，而是山尖耸立，更加巍峨峻峭。有一年张果老与碧霞元君斗法，没想到中了碧霞元君的圈套，张果老气冲冲来到泰山找元君理论，元君避而不见。张果老苦等元君不到，一怒之下挥起赶驴鞭狠狠朝泰山山尖上抽了一鞭，便把尖尖的山峰拦腰截断。被抽断的山尖化作一团青云升入空中，向东南方向飘然而去，落到了柴汶河边，变成了敖山。所以至今泰山无尖而敖山却只有山尖，那就是张果老用鞭子从泰山上抽过来的。

有了这段经历，敖山自然也就有了足以傲视群山的底气。从宋徽宗封侯开始，岁月又流转了五百多年，到了清康熙元年，也就是 1662 年，敖山迎来了一位重要的客人——蔡士英。这位在顺治年间曾经两度出任漕运总督的官员，在从漕运任上回朝的途中经过敖山，他慷慨解囊，把敖山上的庙宇重新进行了修缮，并亲自撰写了《古敖山今改青云山新修三元殿》碑记，立石于庙中。从此以后，敖山就改叫了青云山。

青云山（李勇摄）

蔡士英改敖山为青云山，除了祈求神灵赐福，保佑自己此次回京后在仕途上能够青云直上的目的之外，还有另外一层意思。

顺治末年，清廷实行了严酷的海禁政策，一切商船和民船都不得私自进入海域，否则将被处以极刑。与此同时，朝廷将福建、浙江、江苏、山东等地沿海的居民向内陆迁移了六十至一百里不等。这些政策的施行，使相应区域的渔业、农业、手工业以及海上对外贸易等都受到很大影响，造成大量的经济损失。

蔡士英对此政策持反对意见，他在敖山所撰碑记中委婉表达了开弛海禁的要求，所以他把敖山改为青云山也有祈盼君主圣明、国家长治久安的愿望在里头。老百姓显然也很喜欢青云这个名字所蕴含的吉祥寓意，从此以后，青云山就取代了敖山，一直被叫到了今天。

7. 吕仙村

先有团瓢后有名

明朝的时候，河北沧州有一个全真道士叫曲全善，他云游四方，后来到了肥城西北的二郎宫，见这里风景秀丽，就留下来做了住持。有一天夜里，曲全善做了一个梦，梦里吕祖来到他面前，神情庄重却一言不发。醒来以后，曲全善便把徒弟们召集在一起，向他们说了梦中之事。一位叫高真玄的徒弟说，这定是吕祖托梦，想让咱们给他找个居住的好去处。曲全善也正有此意。于是，他们一边宣扬吕祖托梦之事，一边着手寻找风水宝地为吕祖建庙。

过了没多久，曲全善就在陶山东麓二郎宫的后面选中了一块地，这里三面环山，风景秀丽，是个建庙修观的好地方。于是曲全善便带着徒弟募化钱粮在这里建起了一座纯阳宝殿。殿顶内部为方形藻井，顶部雕有石刻莲花；殿顶外部则为圆形，顶部雕有石葫芦。整座宝殿从外面看起来形似团瓢，因此又称"吕祖团瓢"。

曲全善一心要修成这座宝殿，可惜还没等到竣工他就去世了。在他徒弟高真玄、徒孙赵冲飍的努力下，最终在崇祯七年，也就是 1634 年才完成了吕祖团瓢的创建。

宝殿建成之后，前来参拜吕祖的人络绎不绝。久而久之，旁边的村子也被称为"团瓢"。团瓢村附近出产一种黄色的石头，村民开采这种石头建屋垒院。用这种石头建成的房屋，远望一片金黄，尤其是在夕阳的照射下，熠熠生辉，房屋好像是用黄金垒砌而成，村民们就给这些房子起了一个好听的名字——"黄

吕仙团瓢 （张毅摄）

金屋"。黄金屋建得越来越多，竟成了团瓢村的一大特色。讲究的人家会在院墙上安放拴家畜用的石环，在大门两侧的石墙上各凿出一个长圆形的耳洞，每年正月十五和二月二龙抬头的日子，在两边耳洞里分别燃起蜡烛。

清光绪年间，村民觉得"团瓢"这个名字有些粗俗，于是改名叫"吕仙村"。直至今日，村子里还保留着当年曲全善建

的纯阳宝殿，团瓢的名称反而渐渐被人遗忘了。

8. 五埠村

一路分两州

清朝的时候，有一位泰安知州叫纪迈宜，平日里他喜欢到山间野陌去转悠，一来在自然山水中短暂地摆脱繁忙政务带来的疲惫，二来也借此多了解一些民风民情。

这一日恰逢万寿圣节，官员放假，他带着家仆从泰安到东平去，一路观山赏景，不知不觉走到了一个村子前。这个村处于群山环抱之中，触目所及之处，石砌的房屋院落一个连着一个，高低错落地矗立在起伏的山坡凹地里。

纪迈宜见此处房屋的建筑颇为奇特，与北方传统房屋上的灰瓦覆顶不同，这里的房顶多用两三指厚的石板搭成，而且门中有门，院中套院，层层递进，错落有致，便差家仆找来村长。村长一听是知州大人召唤，便忙不迭地赶过来，听说知州想了解村庄的来历，便说道："这个地方原来叫作五步岭。元末明初的时候，这里闹匪患，朝廷就派了当时的州城大将赵恭带兵讨伐，没想到赵恭死在了岈山北的杀姑顶上。死了大将这还了得，朝廷又急派兵马过来，荡平了匪患。当时赵将军的棺木就放在了五步岭，当家人赶来时见他的棺木被青藤缠绕，认定这里是块风水宝地，就把将军就地安葬在这里，他的家人也就留在此处守墓、落户，不断繁衍下来。因为赵家人是南方人，'步''埠'不分，埠是行船的码头，加上他们对江南水乡的思念，就把'五步'改成了'五埠'，这个村子就叫五埠村。"

纪迈宜听后颇感兴趣，看看时间还早，便请村长领着他们到村里转一圈。村长一边带着他们向村子里走去，一边介绍道："我们这村还有个名字叫'伙大门'，指的是这些房子门里有门，院里套院，一大家子人都住在一起。大人，您瞧这条胡同，北高南低，最北边是这家辈分最高的人住在里头，越往南的房子住的人辈分就越低，以前打仗的时候，如果有山匪来袭，身强力壮的年轻人就负责保护居住在后方的老年人。"

顺着台阶往上走，村长又指着脚下的石板路说道："大人，这条路叫石簸箕路。这条路从南向北，一直通到山上，是村里的主要道路，也是通往其他地方的交通要道。大人要去东平州，从这里走非常方便。"

村长说，石簸箕路是泰安州和东平州的分界线。五埠村位于两州的交界之处，石板路的尽头分成两条岔道，路西属于东平州，路东属于泰安州，所以五埠村自古便有"一路分

一路分两州（孙伯镇人民政府供图）

两州"的说法。曾经有人在岔道口处修起了一道纪念墙，东平方向以水为标志，便把墙上的石头垒成波浪形，中间留有漩涡眼；泰安方向以山为标志，便设有石凳象征泰山，而且路东的房屋院墙上设置了很多泰山石敢当的形象。外地人看到这些标志，便知道往哪走是东平往哪走是泰安了。

走着走着，一口古井出现在面前，井沿斑驳，颇有年代，

而井口上却设置了两个辘轳。纪迈宜询问其中缘由，村长说："大人，由于两州的老百姓经常因为取水问题产生争执，后来大家想了一个折中的办法，一口井安放两个辘轳车，北面的辘轳归泰安州的百姓打水用，南面的辘轳归东平州的百姓打水用，这样大家就减少了矛盾的产生。"

纪迈宜听着村长的介绍，心里微微诧异，想不到深山里一个小小的村庄也有这么多的讲究。看看天色渐渐暗了下来，纪迈宜婉拒了村长的宴请，带上家仆，沿着石簸箕路的尽头一路向西而去。

9. 泰安包公祠
老照片上的历史记忆

1933年5月25日的《国剧画报》刊发之后，引起了大家的注意，因为报上刊登了一幅照片《山东泰安之包文正公祠》。这幅照片是齐如山先生在泰安考察戏曲的时候拍摄的。泰安包公祠照片刊出后，大家议论纷纷：包公为安徽人，他也没有在泰安做官，为什么会在泰山脚下兴建一座包公祠呢？

原来，在民间传说中，泰山下面是地府，所以，人去世后灵魂会来到泰山底下。包公去世后，灵魂也来到了泰山，主管速报司。后来，包公秉公执法、刚正不阿的品质得到大家的普遍认可，为了惩恶扬善、伸张正义，人们在泰山脚下修起了包公祠。

清雍正元年（1723），泰安州同知张奇逢见西门瓮城内包公祠已经荒芜，于是在明代遗基上重新修建。

张奇逢所处的康熙雍正年间，正是清朝国力逐渐强盛的时期，整个国家生产力不断提高，各行各业也越发繁荣。经历了明末清初的政权更迭，以及顺治初年的民变四起，民众对于安定富足生活的期望越来越高。这时候，官员中出现了以权谋私的情况。不少官员与商户相串联，攫取大把利益。张奇逢一上任就发现了许多这类问题，他决定整顿官场作风，立即处理了几个顽固分子。

一番整顿过后，虽然扫除了一些腐败势力，但是"清廉"这个重要的对立面却没能树立起来。于是张奇逢想到了一向清正廉洁、断案如神的包公。他听说泰城西门的瓮城内有一片空地是明代包公祠的遗址，于是选择重建包公祠。泰城西门繁华无比，把包公祠建在这里，往来的商贩、官员都能看得到，能起到警示和教育作用。

张奇逢重建的包公祠正殿供奉身着朝服、黑脸长胡子的包公，包公两侧奉祀勤政爱民的傅振邦与张迎芳。殿外摆放着龙头铡、虎头铡、狗头铡等行刑工具，其中龙头铡用来斩王子王孙，虎头铡斩达官贵人，狗头铡斩市井奸民。

张奇逢为何要在包公旁边奉祀两位前任知县呢？原来，傅振邦是顺治年间安置灾民的泰安知县，他帮助灾民恢复生产，很好地处理了政府与灾民和手工业者之间

包公祠（选自 1933 年 5 月 25 日《国剧画报》）

73

的关系，是为官清廉勤勉的典型。张迎芳则是废除繁杂接待礼制的"改革知县"。张奇逢将这两位前辈配祀在包公左右，也是树立了牢不可破的廉政模范，供当时的官员参考效仿。

民国年间，山东省政府主席韩复榘到泰安来的时候，为了表示倡廉，专门来此叩拜包公，献上"山河生色"匾额。尽管现在泰安城内已经没有包公祠，但《国剧画报》上刊登的包公祠为我们留下了珍贵的历史记忆。

10. 新泰驿道

南京到北京，羊流在当中

伴随着车轴发出的咯吱咯吱声，车队在坚硬而布满坑洼的路上跌跌撞撞地走着。这是清同治八年（1869）初春的一个早晨，德国人李希霍芬带着他的助手来山东考察煤矿资源。

几天来，他们走过了山谷、平地，看到了干涸的河床，零星散落的村庄，缺乏植被的丘陵。现在车队行走的道路，据说是一条官道。

"官道，是只有政府官员才能走的路吗？"年轻的助手犯了望文生义的毛病。这是一个刚毕业不久的小伙子，给李希霍芬当助手的时间也不长，第一次到中国来，沿途的一切都让他感到好奇。

向导是一位当地人，年近六旬，黝黑精瘦，眼睛在深深的皱纹下发着光，麻木的表情说明他已经对周围的一切司空见惯。听见助手询问，他才扭动一下有点僵硬的脖颈，慢慢回答道：

"官道是古时候官府修的专门传递文书、接待官员、运输物资的通道。有学问的人叫它'驿道'，老百姓叫它'官道'。这条官道以前可比这好走多了。前面就是羊流驿站，有一句俗话叫'南京到北京，羊流在当中'，说的就是这里。咱们一会儿就到，到那儿再歇歇脚。"听了向导的话，李希霍芬收回向四周打量的目光。

这条驿道他知道。在来山东前，他专门了解了一下途经区县的大体情况。

清朝开国之初，为了加强南北之间的联系，专门开辟了一条从京城到东南各省的驿道。这条驿道起点在北京，经山东、江苏、浙江等省，最后到达福建，民间称之为"九省御道"。这条御道在新泰段设置了羊流店和新泰城两个驿站，羊流店恰恰处于南京到北京的中间点上。

羊流这个地方，原来就是泰山望族羊氏一族的故里，随着驿道的开通，文人墨客、达官贵人南来北往，都要经过羊流；车马辐辏、货物流转，也大都选择在羊流驿歇脚。羊流因此名声大振，逐渐发展成为北方的商贸重镇，以至于民间又有了"知道羊流店，不知新泰县"的民谣。

羊流驿站设立于清顺治十年（1653），当时的位置在羊流店正吉街中段，乡里人把它叫作"马号"。由于客流增多，各种钱庄、酒店也随之而起。山西商人在这里开了"茂盛永"钱庄、"新福盛"酒店、"东大盛"油坊，还有章丘人在这里开办了一家"复盛德"酱菜店，号称"四大盛"。

李希霍芬心里想："这条驿道是以前皇帝寻访时走过的，

道路曾经修得十分平整，沿途如果有河流则会架上桥梁。可是现在清朝正是多事之秋，原本平整的道路已经变得坑洼不平，河流上的桥梁也有很多损毁塌落，全然没有了当年繁华忙碌的景象。"

他们今天的行程简直就是在受刑，路面的状况实在太差，助手一直在嘟嘟囔囔地抱怨着。他们的行李不少，每辆车至少有两个人在推，如果不是车造得结实，恐怕早就散架了。推车的人早已经累得上气不接下气，听说马上就可以休息了，每个人都精神一振。

马上就能看到驿站了，拱形门口和灰色砖块砌成的房屋已经清晰可见。驿站虽然废弃，但还没有完全破败，房屋约有四米高，房顶用于瞭望的平台还保留着。

"到了！咱们就在这儿歇会儿吧。"向导伸直腰杆，重重地吐出一口气来。后面的车夫把车子小心地放好，撩起衣襟擦了把汗。李希霍芬早已迈开大步，走向面前散发着古老气息的庭院。

11. 群力放水洞

凿山引流饮水思源

1960 年 4 月，《肥城县报》报道了一则消息：二十五国驻华使节来我县参观。这不禁让人好奇，他们到小小的肥城来参观什么呢？

肥城桃园公社尚里等村，自古以来缺乏水源。因为干旱缺水，大片桃园的肥桃产量也受到影响。怎么办呢?

为了解决桃园山区民众的用水困难问题，肥城县委专门请来省立第 122 煤田勘探队进行实地勘探，并按照专家的意见，决定斩断康王河，凿穿白云山，把山北康王河的水引到白云山前。

1960 年 1 月 15 日，肥城县委调集了八个公社共八千多名青壮年投入工程建设。这些青年人没日没夜地劳动着，在极其艰难的条件下，他们激情饱满地展开了工地竞赛。整个建设工地上到处飘扬着红旗，到处能听见青年们响彻云霄的号子声。他们依靠锤子、小推车这些简单的工具，硬是克服重重困难，花了近四个月的时间，终于打通了贯穿白云山的南北隧道，建成了尚里五级扬水站，结束了"尚里自古缺水，众人皆以为忧"的历史，也就有了前面外交部组织二十五国驻华使节前来参观的事情。这一著名的开山引水工程是集众人之力完成的，所以取名"群力放水洞"。

5 月 4 日举行竣工放水典礼时，群力放水洞前无比热闹，密密麻麻的人群拥挤在河水流经之处，人们欢呼着，雀跃着，兴奋地叫喊着，看着河水从放水洞口滚滚流出后注入蓄水池，浇灌着白云山前一望无际的土地，喜悦之情溢于言表。

二十世纪六七十年代，群力放水洞在改善农田，特别是改善桃园水利灌溉条件方面发挥了重要作用。半个世纪过去了，群力放水洞虽然已经停用，但它却像一块纪念碑，记载着那段激情燃烧的岁月。群力放水洞的建设，就是肥城人民艰苦创业、团结协作、无私奉献的最好见证。

二

人文泰安

巍巍泰山，汤汤汶水。泰汶大地上星罗棋布的人文遗迹，展现着悠悠历史长河中，泰安人无限的创造力。泰山上石刻遍布，诉说着帝王将相、士绅官吏、民众香客朝拜泰山的虔诚与祈愿；先贤墓祠留存千百年，体现了后人对先贤的崇敬与缅怀；文物、造像、坊亭、桥坝，饱含着劳动人民对美好生活的企望和面对困难的不屈抗争。太平盛世，安居乐业，人们用智慧和双手丰富着生活。多姿多彩的生活习俗、节庆仪式，各具特色的医术技艺、特产美食，生动地表达了泰安的人文内涵。

（一）风物瑰宝

1. 东平汉墓壁画

最早的孔子见老子彩绘

2007 年 10 月的一天，东平县原物资局院内的建筑工地里，发现了一座古墓。很快，专业考古人员来到施工现场，经过仔细勘探，他们共发现了十八座汉代古墓，一个两千多年前的汉代古墓群，就这样被发现了。通过抢救性发掘，这次考古活动收获很大，不仅出土了较为丰富的陶器、铜器和铁器等，还在其中的三座墓室中发现了彩色壁画。

东平汉墓壁画中既有历史故事，又有礼俗展现，还有民间娱乐的场面。站在壁画面前，两千多年前丰富多彩的生活场景，扑面而来。其中有一幅目前发现最早呈现孔子清晰面目的"孔子见老子问礼"彩色绘图，吸引了众多专家学者的目光。

《孔子见老子图》（吴振东摄）

孔子到底长什么模样？人们争论了两千多年，到现在也没有定论。在民间，一直流传着孔子面有"七

81

露"之说，即"眼露白、鼻露孔、唇露齿、耳露轮"。后来，东平汉墓壁画中孔子形象的发现，让人们对孔子的形象有了新的了解，这幅在时间上更接近于孔子生活时代的汉画像，或许能够更多地反映出孔子的真实面貌。

东平汉墓壁画上的孔子、老子两人相对而立。孔子容貌不佳，一幅老者的形象。画面上的孔子身着黑色袍服，双手拢于胸前，头微微扬起，态度谦恭地面向老子，躬身做问礼状。老子身着绿色袍服，双目微垂，欣然接受孔子的礼拜。壁画中的孔子，细节刻画十分传神。孔子脸上的胡须根根清晰，他鼻梁高挺，目光有神，额头上的皱纹高高堆起，颈后有高高的凸起，整体形象与端坐在孔庙神龛内"七露"的孔子塑像相去甚远。画中一身布衣装扮的孔子，也似乎表明了在当时老百姓的心目中，他就是一位普普通通的布衣学者。这幅存世已经两千年左右的孔子画像，为研究这位古代先贤圣人的实际形象，提供了宝贵的实物资料。

东平汉墓壁画，色彩鲜活艳丽，造型比例匀称，线条简洁流畅，刻画细腻精美，形态生动逼真，反映出汉代画匠高超的艺术水准和绘画技巧。这些汉墓壁画，是山东迄今发现年代最早、保存最完好、艺术水平最高的壁画。它的发现，不但填补了山东省汉代考古的空白，也是中国早期绘画作品中的罕见之作。为了让东平汉墓壁画得到更好的保护和宣传，它们均被收藏到山东博物馆内。

2. 北魏鎏金铜佛光

咸菜缸里泡出的铜疙瘩

1984年5月的一天，大汶口镇兴华大队的农民岳荣安正在忙碌着。他一大早就来到村子附近的大汶河畔挖沙，想趁着天气凉爽多挖点回去，好填充自家的宅基地。

此时正是枯水期，汶河水位下降了一大块，裸露的河床还没干透，泥沙十分松软，挖起来一点儿也不费劲。岳荣安挖得飞快，一车沙子渐渐冒了尖。再挖两锨就满车了，岳荣安擦擦汗又一锨铲了下去。忽然"当"的一声，铁锨碰到了一个硬东西，挖沙的节奏立刻被打乱了。岳荣安提着铁锨往旁边戳了戳，这块硬物似乎不小，他的好奇心一下子被勾了起来，索性摸索着硬物的边缘挖了起来。没想到这个硬东西还挺大，岳荣安挖了好半天，才把一大块糊满泥沙的硬疙瘩挖了出来。

这是一个长约半米、宽不到半米的半圆形的硬疙瘩，部分裸露的地方显出了铜锈色。"原来是个铜疙瘩。"岳荣安用手掂量了一下，铜块捧在手里沉甸甸的，"兴许垫地基还能用得着。"岳荣安随手把它放在小车上推回了家。

回到自家院子，岳荣安就拿起铁铲想把铜疙瘩上的锈蚀除掉，谁知这东西硬得很，几铲子下去不仅没铲下一块锈来，反而累得胳膊发酸。这时候左邻右舍也都围了上来，你一言我一语地猜着泥沙里包裹的究竟是个什么东西。有人提醒他，这个铜疙瘩可能是个文物，与其丢给收废铁的，还不如拿到岱庙去

北魏太和十八年鎏金铜佛光（泰安市博物馆供图）

找专家鉴定一下，说不定还是个好宝贝呢。

岳荣安觉得有道理，于是抱着铜疙瘩，坐着村里人的拖拉机来到岱庙。岱庙的工作人员围着它看了半天，也没看出什么来，有一位年轻的工作人员说："这可能就是块废铁，不知什么年月扔在沙滩上的，干脆把它扔回去算了。"可是岱庙里的老专家却觉得，既然有铜锈，说不定里面是件青铜器，反正已经拿来了，不妨除掉外面的沙锈，看看里面到底是什么。如果真是块废铜，再扔也不迟，可如果是件文物，随便扔掉的话，那就犯了大错了。于是大家找来一口腌咸菜的缸，在里面放满醋，然后把这块铜疙瘩放到缸里浸泡起来。

两个月后，老专家惊喜地发现大块的沙锈已经脱落，显露出来的部分竟然灿灿地闪着金光。老专家激动不已，赶紧把铜疙瘩从咸菜缸里抱出来，用清水洗干净，然后用竹签仔细地剔除掉剩余的沙锈。随着沙锈一点点被清理干净，这个器物的清晰轮廓也终于呈现在了大家面前。

这是一块上部呈桃形的鎏金铜板，铜板下方两侧各浮雕着一棵高大的菩提树，铜板中间是一朵浮雕莲花，莲花两侧雕有佛像和飞天的形象。莲花上方为一尊浮雕坐佛，佛后有一面小佛光。所有的沙锈去除干净后，专家们又在铜板背面发现了一百二十字铭文。通读铭文才知道，原来这是北魏太和十八年（494）十二月八日，奉高县法林寺尼姑妙音为弟子法达所造的佛像，用以祈求她和她的家人福泽绵延。整件器物雕刻精致、布局规整，是一件不折不扣的稀世文物。

为了感谢岳荣安主动献宝，岱庙对他进行了奖励。如今，这件精美的鎏金佛光就珍藏在岱庙里，向人们讲述着来自遥远年代的故事。

3. 白佛山石窟造像
跨越四百年的艺术宝库

东平县县城的西边有一座山，山上的石头是白色的，有人用这白色的石头雕成佛像，所以人们把这座山称作"白佛山"。这些佛像主要分布在山南悬崖峭壁间的石窟之中。白佛山石窟造像自隋开皇七年（587）开凿建造，唐宋时期又增刻了一部分，前后历时近四百年，成为中国隋代至宋代民间造像艺术的典型代表。

白佛山石窟造像利用天然岩洞或山崖开凿，主要洞窟有隋代1号窟和2号窟、唐代3号窟、宋代4号窟以及明清摩崖单体、摩崖龛像等，现存大小142尊造像。2001年，白佛山石窟造像由国务院公布为第五批全国重点文物保护单位。

1号窟居中，为主窟，开凿于隋开皇七年（587），也被称作隋窟。窟内主像为释迦牟尼大佛像，雕像高7.6米，是白佛山雕像中最大的一尊。这尊释迦牟尼坐像造像带有典型的隋代造像风格：大佛螺髻低平，面相浑圆，蚕眉细目，似含笑意，颈短肩宽，手施无畏与愿印，身着双领下垂式袈裟，衣纹简练流畅。

主像两侧的东西两壁上，排列着十多排小龛，俗称"千佛崖"。龛内造像或坐莲台，或合掌而立，形态各异、栩栩如生。其中的十六王子像是目前中国境内已知的唯一一处以十六王子为专一题材并有可靠记铭的造像，这为研究十六王子佛像提供了重要的实物资料。东壁下方有一长方形龛，里面雕刻《涅槃图》。主像头朝南仰卧，肋骨裸露，象征释迦牟尼的艰辛修行；十大弟子围坐身旁，有的抱脚抱头，有的仰面号啕，有的低头默哀，都流露出悼念师父的神情。

白佛山石窟造像（张瑞泉摄）

2号窟位于1号窟右上方五米处，开凿在高高的山崖之上。窟门向下二十米长的石壁上有一排人工凿成的石窝，登者只能身贴崖壁，手脚并用抠着踩着石窝，缓缓攀登。窟内刻有一佛二菩萨像，佛像高2.43米，面部丰满，鼻梁高挺，两耳垂肩。左右两菩萨面部宽圆丰满，臂钏颈圈，璎珞繁缛，高宝冠内有化佛形象。这三尊造像均通体磨光，雕刻细腻，比例匀称协调，保存完好。

3号窟位于2号窟下十多米处，尖拱形龛，有高浮雕一佛二弟子造像。中间为弥勒佛倚坐像，左右二弟子侍立，姿态婀娜。西侧窟壁上唐代造像题记清晰可辨。

4号窟位于隋窟东侧五十米处，有依山而建的石阶相通连。内有造像十二尊，其中最珍贵的有两处：一是北壁上的观音像，体态丰腴，面容和蔼，两耳垂肩，仍保留盛唐风韵。主像两侧的侍者穿着百褶裙，褶皱仍保留魏晋风格。二是东壁上雕造的鉴真大师高浮雕像，造像风格似日本所塑鉴真大师肖像，雕刻细腻，线条流畅，表现了中华民族对这位为中日文化交流做出杰出贡献的使者的崇敬和爱戴。

白佛山石窟造像周围还保存了明清两代的题刻造像以及金代建筑三教寺。三教寺建于金大定年间，后来屡经重修增建。寺内儒道佛三教同祀，供孔子、老子、释迦牟尼像，是我国现存较早的三教合一的古建筑。

4. 灵槐复荣

一枯一荣与邑同休戚

元至元二年（1265），新泰县撤县并入莱芜，这时候，新泰县衙里的一棵唐槐忽然枯萎了。这棵树从唐代种下，历经四百多年的风霜，早已是枝干粗壮、根深叶茂了。眼下既无天灾，又无虫害，唐槐没来由的枯萎引得人们议论纷纷。约三十年后，也就是至元三十一年（1294），朝廷重新设置新泰县，古槐早已枯死的枝叶竟然奇迹般恢复了生机。世人纷纷称奇，并把这棵槐树叫作"灵槐"。因为这件奇事，关于这棵灵槐的传说也应运而生。

传说当年新泰县被撤销后，古槐枯死，它的灵魂辗转来到了江南，托生在了一户姓唐的人家里。唐家喜得贵子，取名唐怀。唐怀十八岁时与邻村一位名叫芙蓉的姑娘相爱，唐家在当地算小康之家，芙蓉家境也颇为殷实，两人结婚后，你谦我让，从不红脸，小日子过得和和美美。

新泰灵槐（徐健美摄）

转眼间，唐怀已经三十岁了。这一天，他忽然面带愁容对妻子说道："恐怕我们马上就要分离了。"妻子大惊，忙问缘故，唐怀说："我现在还不能说。如果你想念我，就到山东新泰县去找我吧，你会在那里找到答案。"不几日，唐怀就得了重病，百般医治仍不见好，最终撒手人寰，抛下了娇妻幼子。

芙蓉悲伤地哭泣了几日，忽然想起丈夫生前所说的话，于是千里奔波来到了新泰。她到处打听唐怀，却没有一个人认识他。这一日，芙蓉又找寻了一天，傍晚时分走到一株大槐树下，又渴又累，就倚着槐树睡着了。梦里，她又见到了日思夜想的丈夫，丈夫告诉她，自己本名唐槐，也就是她所倚靠的这棵大槐树的树灵，是新泰的水土孕育和滋养了他。当年新泰撤县时，槐树枯死，他也随之远遁。如今新泰重新置县，这里是生他养他的地方，对故土的眷恋之情难以割舍，因此他又回到了家乡。芙蓉明白了事情的原委后，也没有再回到江南，而是在槐树旁定居了下来，从此一直生活在新泰，陪伴在槐树旁边。

明代，人们感叹槐树心怀故土的真挚之情，就把"灵槐复荣"列为新泰八景之一，而灵槐在家乡也生长得越发郁郁葱葱，至今仍然生机勃勃、绿意盎然。

5. 天仙金阙

岱顶铜亭下山记

明代的泰山碧霞祠内，曾有一座金光熠熠、耀眼夺目的"金阙"。可是今天的游人如想见到这座"金阙"，却要到岱庙里去，这究竟是为什么呢？

明万历年间，神宗皇帝的母亲慈圣皇太后得了眼疾，太医百般医治却始终没有起色。就在一筹莫展之际，神宗皇帝想起了泰山碧霞元君，碧霞元君有求必应，是神宗皇帝一直崇奉的神灵。于是，神宗皇帝派人前往泰山碧霞祠致祭，祈求母亲的眼疾能够好转。在拜谒过碧霞元君之后，慈圣皇太后的眼疾果然好了，神宗皇帝便命太监造了一座铜亭放置在泰山碧霞祠内。

铜亭造型精巧，整体鎏金，在阳光的照射下光彩夺目，因此也被称作"天仙金阙"。当时的首辅方从哲还遵照神宗皇帝的旨意，撰写了《敕建泰山天仙金阙碑记》刻于碑上，与铜亭一起立在碧霞祠内。

天仙金阙（名贺摄）

"金阙"在碧霞祠安稳矗立了二十九年后，时间来到了崇祯十六年（1643）。这时候，整个大明王朝内忧外患、风雨飘摇，就连象征"国泰民安"的泰安州也未能幸免。泰安州内的土寇四处抢掠，趁乱袭击各处名胜古迹，盗取钱财与宝物。一日，土寇窜至碧霞祠，见"金阙"金光熠熠，心想若是能把它带下山去熔成金疙瘩，那岂不是发了大财？他们一合计，扛起"金阙"就把它挪到了山下。可就在这时，有人觉得不对劲了。由于下山时保护不当，"金阙"表面被磕碰磨损的地方竟然露出了青色！土寇们这时才知道，"金阙"原来是铜制品，而非纯金打造。这么一来，土寇们都觉得被骗了，便把"金阙"表面的金粉刮下，而把"金阙"扔在了路边。后来"金阙"被泰安士绅赵弘文移到遥参亭内保护起来，清顺治五年（1648）时又移至灵应宫。此后"金阙"的称呼更多地被铜亭所取代。

到了清道光年间，云南匪患严重，朝廷为了铸钱剿匪，便让各地方官员搜罗铜块上交。为了完成上级任务，泰安官吏便盘算着要把铜亭镕化成铸钱的材料。为了测试铜的含量，地方官们先是拆下了铜亭的门窗和一根梁来做实验，结果发现铜亭的铜并不适合铸钱，无法上交应差，于是放弃了镕毁铜亭的打算。

1938 年，日寇占领泰安之后，再次妄图把灵应宫内的铜亭盗走，泰安道士尚士廉便联络城内的其他知名人士一起联名上书省政府，要求保护铜亭，最终阻止了日军的阴谋。但经过多年的战乱和盗匪的破坏，铜亭四壁仅剩下了四根铜柱。

1972 年，铜亭由灵应宫移至岱庙保存，岱顶铜亭从此结束了颠沛流离的生涯，成为岱庙里一个重要的景观。

6. 观瀑亭诗

泰山上的禁毒诗刻

泰山云步桥旁，有一座亭子名为"观瀑亭"。这座亭子是曾经三任泰安知县的毛澂在清光绪二十七年（1901）创建的。亭子建成后，文人墨客纷纷题词立碑。在众多的题刻中，有一通格外引人注目，因为它是泰山上现存唯一的一通禁毒诗刻。说起这通诗刻，民间还流传着一个故事呢。

清代中叶后，鸦片在国内流行，带来了很多祸患。受吸食鸦片的影响，泰山附近有许多人开始种植罂粟。光绪三十年（1904），山东巡抚周馥到泰安视察，工作之余约着朋友到泰山顶上游玩。周馥和朋友选择乘山轿上山，当他们来到轿夫聚集处，打算雇用一名轿夫上山的时候，令周馥大吃一惊的是，轿夫们个个体态瘦削，面色乌青，三三两两地聚在一起，没生意的时候竟在吸食鸦片。

上山过程中，周馥问轿夫："现在泰安这边的官府都不再禁止鸦片了吗？"轿夫回答："官府一直在禁止，但是种鸦片的人、抽鸦片的人太多了，无论采取什么方法都没什么作用。"轿夫的回答引起了周馥的沉思。等轿子一路到达中天门的时候，周馥发现，附近的山民家家户户都或多或少地种植罂粟。山上的餐馆、客栈，也都有鸦片供应。周馥暗自感慨，鸦片真是无处不在呀！

观瀑亭禁毒诗石刻（韩夫英摄）

到了观瀑亭的时候，周馥一边欣赏泰山的壮丽美景，一边陷入沉思。回到山下，周馥提笔写下了《观瀑亭题诗十一首》。后来，周馥请人把这十一首诗刻在观瀑亭上。其中第八首为："慈悲佛法入中华，闻说菩提已绝芽。地气南来鸩鸟至，中原开遍米囊花。"周馥希望这首禁毒诗能对来泰山游览的人们，起到警示教育作用。

7. 如意刻石

李和谦游山乐

过了泰山中天门往北去，有一段平坦的山路，当地人称其为"快活三里"。这段路是登泰山途中难得的缓冲点。路的两侧林木茂密、刻石成片。其中一处字谜刻石经常引得游客在此驻足，议论纷纷。这就是"如"字刻石，或者叫"如意碑"。这块刻石位于路东石壁上，刻字形状像一只蜷起来的小松鼠，所以也有人戏称其为"鼠趣碑"。

这个引人遐思的字是李和谦写的。李和谦是泰安本地人，在一家客栈里做一名普通的小伙计。他待客热情周到，干起活来勤快麻利，客人们都喜欢与他攀谈，因此客栈的生意颇为兴隆，李和谦也深得店主的器重。

李和谦年轻好学，不像其他伙计，闲下来不是打牌就是聚在一起嬉闹取乐。他是个沉静的人，因为家境贫寒没能上学读书，但跟客人聊天的时候，如果对方博学多才，他就虚心向其请教，请对方教他识字写字。客人看小伙子干净讨喜又好学，也愿意教他，一来二去，他就学了不少字。平常有空的时候，李和谦就对着客人填写的登记簿揣摩字体结构，有时候琢磨得着了迷，就用抹布在桌面上练起大字来。慢慢地，他的字识得越来越多，写得也越来越好了。

有一天休假，李和谦和几个伙计约着一起上山玩。几个伙计边走边说笑，唯有李和谦却对着山上遍布的题刻看得出了神。就这样一路走一路看，当他被伙计拖着登上中天门时，几个人早已是汗流浃背、气喘吁吁了。一踏进快活三里，茂密的枝叶遮蔽了阳光的炙烤，风吹过来都带着凉意，让人忘记了登山的疲劳。

如意刻石（韩夫英摄）

伙计们说："这么多的人都在泰山上写了字，小李，你不是也喜欢写字吗，不如也在泰山上留个字？"李和谦也正有这个想法，于是便掏出随身携带的纸笔，在路旁一块大石上挥笔疾书，一个形似卧鼠的符号瞬间跃然纸上，活泼生动，妙趣横生。他随即又在纸的两侧认认真真写下了"辛酉春三月""李和谦游山乐"几个小字。

伙计们看着纸上的大字一时摸不着头脑，李和谦解释说："我们走了这一路，累也罢，乐也罢，无不觉得称心如意，我写这个如字，既是说咱们这趟登山称心如意，也祝愿以后来泰山的人称心如意。"众人听后，恍然大悟，无不称赞李和谦心思细腻、想法新颖。

（二）名胜古迹

1. 禹王庙

汶河岸边的治水遗迹

大汶河堽城坝南岸有一座禹王庙，专为祭祀大禹而建。说起这座庙，那可是大有来头。

尧帝时，黄河泛滥，沿黄河一带遭到洪水的冲击，土地淹没、房屋冲垮，百姓被迫离开家乡四处流亡。现在的宁阳城北伏山一带在当时还是一片洼地，洪水泛滥尤为严重，于是尧帝派鲧来伏山治水。

鲧采取了堵的办法来治水，虽然一时仿佛有了成效，但过后往往引发更大的洪灾。鲧疲于奔命，却收效甚微。之后，舜帝又派遣鲧的儿子禹继承父职，继续治水。

禹接任后，改堵为疏，用了十三年的时间，疏通了河道，使江河湖海形成网络，洪水得到了有效治理。为了嘉奖大禹治水的功绩和治水过程中三过家门而不入

禹王庙（杨红摄）

95

的精神，舜帝命其全家及其部族迁到伏湖以北汶河南岸的一块高地上，禹死后就埋葬在了这里。

约西周时期，宁阳县西北的遂国人在汶河南岸建了一座神庙来纪念禹，并在神庙周围种下了十一株柏桧。明成化十年（1474），都水分司员外郎张盛在大禹坟后的汶河上建了一座石砌的拦河溢流坝，并在神庙原址上重新建了一座汶河神庙来祭祀大禹，也就是现在的禹王庙。

庙建成后立了一通石碑，碑上镌刻《造堽城石堰记》来记述这件事。奇怪的是，自石碑被立起来，碑首雕刻的两条青螭就没有干燥过。因为在碑的碑首与碑身连接处有一处断痕，断痕处有细密的水珠不停地渗出，不管是烈日炎炎的夏季还是干燥少雨的冬季，这道水痕就没有干涸过。当地百姓于是把这通碑当成了天气预报，通过观察水痕的深浅来预知第二天雨水的大小。民众们都说，这是禹王在显灵。

禹王庙的神奇之处还不止于此，更神奇的是，庙里有两株形似巨龙的古柏，当地人在树下挖了一口井，不想那井却出了古怪。一个晴朗的夏日，农民们刚把麦子摊开准备晾晒，一片黑云忽然遮住了麦场，大雨倾盆而下。等人们手忙脚乱地把麦子收起来后，头顶上又变成了烈日当头，万里晴空。一日之内，大雨和晴空交替反复了多次。最后，人们经过仔细观察，发现那片蹊跷的黑云来自庙中的那口井。乡民一气之下，找了一块厚厚的石板把井口盖住，从此以后这种怪事就再也没发生过，但那两株形似巨龙的柏树却慢慢地枯萎了。

2. 师旷墓

传奇乐师后世敬仰

春秋时期的晋国宫廷里，有一位非常出名的乐师，他的名字叫师旷。师旷有高超的音乐才能，他精通音律，擅长弹奏古琴，后世称他为"乐圣"。更厉害的是，师旷有很强的辨音能力，以"师旷之聪"闻名于世，民间广为流传的"顺风耳"的原型就是师旷。师旷超强的辨音能力使他能察觉到最细微的声音变化，他的音乐水平可以感天地、泣鬼神。

有一年，卫灵公前往晋国。这天晚上，卫灵公一行住在濮水岸边。站在馆舍里，卫灵公被窗外的夜景迷住了，只见月光泼洒在流淌的濮水里，像繁星点点，波光粼粼。突然，卫灵公听到远处隐约传来一阵他从来没有听过的琴声，他问随从，随从都回答没有听到。于是，卫灵公招来乐师师涓，对他说："我刚才听到了一阵新奇的琴声，但奇怪的是，我的随从们却没有听到。你听完之后，把这首曲子记下来。"师涓按照卫灵公的要求，坐在河边，把听到的乐曲记了下来，并练习了一天，直到把这首曲子练熟。

到达晋国之后，晋平公宴请卫灵公一行。正在大家推杯换盏、兴致颇高的时候，卫灵公说道："我在来的路上，听到了一首从来没有听过的曲子，现在请我的宫廷乐师弹奏这首曲子为我们助兴吧。"晋平公欣然答应。师涓于是开始弹奏。坐在晋平公身边的师旷脸上的笑容越来越少，眉头渐渐皱起，最后站起来说："快停下，这是亡国之音！"晋平公吃惊道："你为何这么说？"师旷回答道："这是商朝乐师师延为纣王所作的'靡靡之音'。后来商纣王被周武王灭国，师延抱着琴跳进濮水自尽了。刚才演奏的音乐一定是在濮水边听来的。这音乐是使商朝灭国的音乐，若是沉醉于它，国家就会慢慢衰落。"晋平公为了不让卫灵公尴尬，便坚持让师涓把曲子弹奏完。

晋平公看着愤怒的师旷，问道："这首曲子很悲伤，还有比这更悲伤的曲子吗？"师旷回答道："有。"晋平公又说："我喜好音乐，你把你说的那首更悲伤的曲子演奏给我们听吧。"师旷拒绝道："能听那首曲子的，一定是有德行、有文治武功的君王。您还需要再修行一段时间，才能达到这个程度。所以我不能为您演奏。"晋平公一听自己的宫廷乐师在客人面前说自己德行不够，很是震怒，说："听音乐与德行有什么关系？我只想听音乐，你赶紧为我们弹奏吧。"在晋平公的强烈要求之下，师旷只得抚琴奏乐。师旷弹奏的优美音乐引来了十六只灰鹤停驻在门廊上，随着古琴演奏的音律，这些灰鹤排成阵列，一边伸着脖子鸣叫，一边翩翩起舞。看到这个情形，晋平公激动得起身向师旷敬酒。

一曲终了，晋平公又问师旷："还有比这首曲子更悲凉的吗？"师旷说："有。当年黄帝合鬼神祭祀天地，就演奏了一曲无比悲凉的曲子。但是这首曲子，您是绝对不能听的，只有像黄帝那样做出大成绩的人才有资格倾听。如果资格不够，非要听的话，就可能会招致祸患，于国家不利。"晋平公坚持道："我都已经这么大年纪了，没有别的爱好，只想听听没有听过的音乐。"师旷没有办法，只好再次抚琴奏乐。

当一串串乐符从师
旷的古琴里传出来的时
候，眼见着西北方向天
空中的云彩聚集了起来，
随着师旷的弹奏，狂风
暴雨应声而至。狂风掀
翻了房瓦，撕毁了帷幔，

师旷墓（徐健美摄）

参加宴请的人们仓皇逃跑，晋平公一
边寻找藏身的地方，一边大声喊着让师旷停止弹奏。师旷刚一
停下弹奏，宫廷里立即恢复了之前的平静。由于晋平公听了不
该听的曲子，晋国大旱三年，赤地千里，国力大损。

青山有幸埋忠骨，碧水长流颂乐圣。师旷去世后，归葬于
故乡新泰南师店村。后人多次重修师旷墓，还在这里建了一座
师旷庙，以示纪念。

3. 中军帐

吴王伐齐坐镇徂徕

徂徕山太平顶西北有一处著名的景点名为"中军帐"，又
称"中军幛"。相传吴王夫差讨伐齐国时，曾在此设立中军大
帐，因而得名。中军帐北依悬崖，南邻深壑，古树参天，溪水
潺潺。景区内至今还有擂鼓石、吴王夫差台、吴王夫差泉等遗
迹留存。

周敬王三十一年（前 489），吴王夫差听说齐景公已死，

齐国群龙无首，大臣们争权不休，而新继位的齐王年幼，难以主导局面，于是不听伍子胥的劝阻，坚决出兵伐齐。为了保证伐齐成功，夫差想要联合泰山南边的鲁国一起进攻齐国。为此，吴王先是在江南训练了一支精锐的水军，然后又组建了一支陆地部队，准备与鲁国的军队会师后，从水陆两个方向进发，经博县（今泰安市旧县村）攻入齐国，使其腹背受敌，首尾不能相顾。

吴王夫差派人把计划通报给鲁国后，鲁国国君十分高兴。春秋时期以来，齐鲁纷争不断，鲁国也想借助吴国的力量统一山东全境。于是按照计划，吴国的海军先期启程，走海路北上，登陆山东半岛。然而，海军指挥官对此次战役的困难估计不足，一路上奔波劳顿，食物储备又有限，等到登上陆地准备作战的时候，早已是人困马乏，没了战斗力。而齐国以逸待劳，兵源、食物可以源源不断地供应守卫海防的士兵。于是，吴王精心操练的海军刚一上岸，就被早已等候在岸上的齐军打得七零八落。

海军大败的消息传回吴国后，夫差急怒交加。出师未捷，兵损大半，况且还打草惊蛇，这些都让他懊恼不已。可是战事已开就没有后撤的道理，于是夫差稳定了心绪后，再次召集谋士商议下一步计划。

谋士们一致认为，此次海上行军，粮草准备不足，兵将疲惫，才导致出师不利，因此下一步从陆路进攻时，就必须妥善解决好中途补给的问题，保持高涨的士气。而要保证粮草的供给，就需要设立一处合适的中转站。谋士提议，齐鲁边界之处有座徂徕山，此处易守难攻，且森林茂密，便于隐蔽，是个适合提供后勤支持的好地方。
于是吴王决定尽快进驻徂
徕山。

一切准备妥当，吴王
夫差亲率军队从陆路出发，
与鲁国会师后，他在徂徕
山顶西北开阔处开辟了一

中军帐（徂徕山林场摄）

块地方安营扎寨，作为吴军的指挥中心。有了这一处补给营地，
吴军的战斗力很快得到了提升，在吴王的指挥下，最终大败齐
军于艾陵（今莱芜东南），俘获齐军多名将领，取得了伐齐战
役的胜利。

4. 项羽墓

西楚霸王头葬东平

汉高帝五年（前202），楚汉之争已进入最后阶段，项羽
兵败垓下，突围到乌江边自刎而死，留下了"力拔山兮气盖世，
时不利兮骓不逝。骓不逝兮可奈何，虞兮虞兮奈若何"的最后
绝唱。

项羽死了以后，汉兵一拥而上分割他的身体。这些汉兵汉
将为了争夺霸王的尸骸，彼此挥刀相向，上演了一出自相残杀
的闹剧。最终项羽的头颅和身体被汉军将领王翳、杨喜、吕马
童、吕胜和杨武等人瓜分，其中王翳最为强悍，割下了项羽的
头颅，其余四人则各自得到一部分躯体。五人带着霸王的残躯

到刘邦面前邀功，刘邦分别封五人为侯，其中持项羽头颅的王翳被封为杜衍侯。

项羽墓（徐福智摄）

接下来项羽的头颅应该如何处置呢？当时群臣之间就起了争议。因为项羽生前曾被楚怀王封为鲁公，他的封地位于现在鲁西南一带，他的亲信部卒也多驻扎在这一带。项羽死后，楚地都归降了汉军，但鲁地的士兵不相信勇武盖世的霸王会死在汉军手中，因此坚决不肯投降。刘邦率领大军兵临城下，想要屠戮鲁城时，却听到城中传来琅琅的读书声。感叹鲁人尊礼重义、效忠君主、甘愿一死的气节，刘邦放弃了屠城计划，让部下把项羽的头颅拿来给守城的李将军等人传看，于是李将军自刎而死，百姓则开城投降。

为了安抚鲁人，刘邦便按照鲁公的礼仪把项羽的头颅安葬在谷城，也就是现在的东平旧县乡旧县三村，并建祠堂祭祀他。

如今走进旧县三村，就看见一座高台上，有一处高大的封土，那就是霸王墓。土堆上长满荒草，周围种着青菜和豆角，衬得土堆格外荒凉。封土前立有一块残碑，用红砖垒砌保护，上面记载的是项羽的生平，碑文中"一剑亡秦力拔山，重瞳千载孰能攀"等字依稀可辨。千古风流，雨打风吹，叱咤一时的霸王也只剩一堆荒冢、一块残碑在述说当年的故事了。

5. 洪顶山摩崖

安道一书法造诣

一千四百多年前的一天，通往东平洪顶山的道路上，走来一位面容清癯、目光坚毅的僧人，他就是北齐著名高僧安道一。安道一生活的时代，佛教正经历着"二武灭佛"之难。大量的寺院被拆除，成千上万的僧尼被迫还俗，无数的经卷被焚毁，仿佛有一只无形的大手，要把一切有关佛教的印记从神州大地上抹去。为了保存佛教的经典教义，四处迁徙的僧人想到了刻石为记的方法。把经文刻在石头上，就可以让佛经长久地保存。僧人安道一立志要用毕生精力，镌刻石经，弘扬佛法。

安道一踏遍了周围的山山水水，这一天，他来到洪顶山，一下就看中了这里的石头。洪顶山一带的山石属于石灰岩，石质较软，不仅易于凿刻，还能很好地表现出书法的特色。安道一不仅精通佛经，还是当时的一位书法大家。他在洪顶山上，选择了多处石壁，亲笔书写，刻录留存。

洪顶山摩崖刻经都不是全文，而是从经书中特意挑选出来的精彩章节，内容出自《文书般若经》《摩诃般若波罗蜜经》等六部经书。洪顶山刻经的书体，以隶为主，兼有楷法。为了使字形更加丰富，其中个别字还夹杂了篆书的写法。从这一点上来看，安道一作为一名书法家，有很强的创新意识。当时书法体的变化正处于从隶到楷的过渡时期，安道一采用的是取源头活水、温故而创新的手法，使得文字线条表现技巧更加丰富，并自成一派。

洪顶山摩崖刻经中，安道一所书"大空王佛"四字，展现了他激情的瞬间迸发，堪称神来之笔。四字全高9.8米，全宽4.1米，其中"佛"字高3.5米，宽2.5米，是目前已知我国境内最大的北朝刻字，"大字鼻祖"的桂冠，非它莫属。这四个字，是安道一心底世界在笔锋上的显现，是书法艺术的厚积薄发。"大"字左右开张，尽显宽博、包容之相；"空"字流露出"四大皆空""超凡脱俗"的意念；"王"字端庄稳重，如佛踞深山，专心修行；"佛"字最后一笔，大有手托大山、立地生根的感觉。

安道一在洪顶山摩崖刻经中的成熟笔法，不仅表现在他书写巨幅大字时的那种排山倒海、不可阻挡的气势，还表现在他在书写细小笔画时方寸之间的迂回婉转，这种既放得开又收得住的笔墨之法，彰显出安道一极高的书法造诣。

考古人员经过仔细勘查，在洪顶山共发现了六处摩崖刻经。刻经的石壁没有经过加工，或凸或凹，保持着自然状态。洪顶山摩崖刻经的面积有1000多平方米，原有大约1200字，如今保存比较完整而且能够识别的还有785个字，基本上可以反映当年石刻经文的主要内容。2006年，洪顶山摩崖刻经由国务院公布为第六批全国重点文物保护单位。

洪顶山摩崖刻经（徐福智摄）

安道一创作的经体书法不仅在东平洪顶山，在邹城四山、泰山经石峪都有留存。安道一书经足迹从山东走向河北和河南安阳的部分区域，不但在弘扬佛法上是一大壮举，他的"经体"对时人、对后世都有一定影响。

6. 棘梁山石刻

名副其实的石刻博物馆

清光绪十七年（1891），湖北荆门人蒋楷受命担任东平州知州，到任的第二个月，他就迫不及待地带着随从到听说了多次的棘梁山考察了。

随从是东平本地人，轻车熟路地带领着蒋楷来到棘梁山下。

沿着小路，走了不一会儿就到达山顶。站在山顶上，望着"品"字形分布的三块巨石上遍布的摩崖造像，蒋楷一时感慨万千。

他问随从："这座山为何叫棘梁山？"随从一边指着满山的荆棘，一边回答："大人您看，这山上长满了荆棘，所以叫棘梁山。这座山地理位置非常重要，南边是白浪滔滔的大运河，东边是波光荡漾的东平湖，所以自宋代开始，朝廷在这里设立巡检司，他们把这座山改名为司里山。"

听了随从的话，蒋楷点了点头，举步来到了三块巨石前，问道："棘梁山高度并不出众，想来是因为这些密密麻麻的石刻造像出名了？"随从说："大人所言极是。据统计，棘梁山大大小小的造像共有一千多尊呢。造像主像为释迦牟尼像，主像的两边各刻一侍者。周边石龛、造像形态各异，栩栩如生。"随从停了一下，接着说道："棘梁山摩崖造像分为东崖、西崖和南崖三部分。东崖又称'千佛崖'，造像时间较早，大多是北齐、唐、宋时期的造像。最著名的莫过于一佛二弟子造像。佛像高三丈余，倚坐于宽平座上。大人您看，佛像戴高花宝冠，双肩略宽，胸部较鼓，腹部略平坦。面相宽圆浑厚，五官宽大，眉间有突起白毫相。手施说法印，穿着褒衣博带式袈裟，衣显厚重，衣纹流畅。两侧弟子像也高约三丈，手施莲花合掌印，立于莲花台座上。西崖主要是唐、宋时期造像，有一佛二菩萨、一佛二菩萨二弟子二天王二力士等组合。唐代造像最多的是武则天时期的造像，这些造像题记上还保留了武则天造的十几个字呢。宋代每一个年号的造像都能在这里找到。南崖造像风蚀比较严重，大多是唐宋时期的造像。"

蒋楷听了随从的介绍之后，说道："看来你对棘梁山的摩崖造像很有研究呀。"随从回答："因为棘梁山遍布造像，是我们东平的骄傲，我家就住在棘梁山底下，来的次数多，听别人讲的也比较多，所以知道的就多了一些。"蒋楷又说："棘梁山的摩崖造像都是佛教的吗？"随从答："大人，棘梁山造像大部分是佛教的。您别看棘梁山不高，却是一座'三教合一'色彩很重的山。您看这儿。"随从指着东崖南面下面的一尊造像说："这是宋代'三教通连'造像。这尊造像东边是释迦牟尼，西边为文宣王，中间为老子，体现了'三教合一'的思想。大人，我们再到别处看看吧。"

蒋楷又跟着随从在棘梁山上考察了很久。晚上回家后，想起一天的经历，蒋楷写下了《棘梁山观造像》诗："棘梁山上撑山骨，直上亭亭百尺高。诸佛威仪千手眼，四方善信几脂膏。

黥徒自昔曾营窟，點党于今合卖刀。为语郓州良子弟，休将盗首诩人豪。"

7. 父子状元坊

乾隆南巡跨坊过

清乾隆二十二年（1757），乾隆皇帝南巡，途中计划路过东平州城。

消息传到东平州，可把州官愁坏了。东平州城从南门到北门有七十二条街，每条街都有一座牌坊。这么多牌坊挡在路上，皇帝经过要从下边穿过，就显得有些不敬了。于是东平州官赶紧召集下属，商量应对措施。大家七嘴八舌讨论了一番，也没有拿定主意。最后州官着急了，气呼呼地说道："都别吵了，牌坊都是皇上赐封的，皇上要从这里过，不能从牌坊底下穿过。不管多高的品阶，统统都拆掉，一座也不留。"下属们被州官一通训斥，都吓得默不作声。于是大家分头行动，吩咐衙役去拆除牌坊。

可是等拆到父子状元坊时衙役们都犹豫了。一个衙役说："别的牌坊，不是节妇就是孝女，多了去了，哪个地方还没有几个贞节烈妇、孝女孝媳妇的。这父子状元可是史上少有啊，这是咱东平的荣光，不能说拆就拆了吧？"另一个衙役说："啰嗦什么呢？大人说了，甭管什么品阶的牌坊，一律都拆。你敢违抗命令吗？"这时有州府官员前来检查拆除进度，看见大家围在一起议论纷纷，他喊道："你们都不干活，围着干什么呢？"刚才犹豫要不要拆牌坊的衙役赶紧向这位官员拱手说道："大人，刚才我们在讨论要不要拆掉这座父子状元坊呢。"这位官员抬头一看，也吃了一惊，这不是鼎鼎有名的父子状元坊嘛，这可是东平州城的荣耀啊，怎么把这个给忘了。他想了想，赶紧说道："你们先等一等，我跟知州大人汇报一下，再行定夺。"

这位官员赶紧跑回州府，向知州大人说："大人，有件事请您三思而行。"知州大人丈二和尚摸不着头脑，问他："什么事还要三思而行？"这个官员说道："大人，

父子状元坊（徐福智摄）

您可记得《三字经》里有这么一段？'若梁灏，八十二。对大廷，魁多士。彼既成，众称异。尔小生，宜立志。'"知州点头说："当然记得，这连三岁小孩都能倒背如流。"这位官员继续说道："大人您可知道这梁灏就是咱东平人吗？"知州诧异地问道："是又如何？"官员又说道："大人，您真是着急急糊涂了啊。这梁灏、梁固父子就是那北宋时期有名的父子状元啊，绝无仅有，是咱东平的荣耀。宋金时期，后人为他们建了这父子状元牌坊，皇朝康熙五十八年（1719），兖州太守金一凤奉旨改为石牌坊。如今要是把这牌坊拆了，以后皇上想起来《三字经》的说辞，问我们梁灏的牌坊安在，我们都不好交代啊。大人，

109

您得三思而行啊。"知州听他这么一说，顿时吓出了一身冷汗。想想确实如此，这父子状元坊还真不能说拆就拆。于是他赶紧连夜上奏，向上官请示意见。

这件事报到乾隆皇帝那里，皇帝听说这父子状元坊就是为梁灏、梁固所建，感念他们父子忠于王事，都死在任上，而且他们梁氏父子三人有着"忠孝三梁"的美誉，应当旌表褒奖，于是准许保留这座牌坊。

旨意传来，知州松了一口气。可是皇帝的銮驾不能从牌坊底下通过啊，所以大家想了一个办法，那就在牌坊上面架一座天桥，这样銮驾就可以顺利通过了。就这样，这座父子状元坊一直保存到今天。

8. 陶洞清幽

万年古洞里的千年石刻

清嘉庆八年（1803），唐仲冕由海州知州入京觐见嘉庆皇帝。六月八日，唐仲冕自京城返回，途中至陶山，这是他出仕为官十年来，第一次回陶山亲自为母亲扫墓，不禁感慨万千。在此之前，唐仲冕请王芑孙撰写《诰赠奉直大夫前山东昌邑县知县唐公继配谭太宜人墓表》，他这次来就是为了把墓表刻碑立于母亲墓前。

焚香祭拜、树立墓表后，大家准备下山。这时唐仲冕对随从展昆源说："炎炎夏日，酷暑难耐啊。你可知道这陶山之中有一处避暑胜地吗？"展昆源拱手说道："大人，您可是陶山通啊。我这外行人,是一点也不了解。"唐仲冕哈哈一笑,说道:"前明时期,肥城选出八景,陶山就占了两个。一个是古寺晨钟,说的是幽栖寺里的大钟,钟声可传数十里;另一个是陶洞清幽,说的是朝阳洞,那可是万年古洞,难得的清凉之地,夏天进去,那叫一个凉爽啊。"唐仲冕接着说道:"今天已经了了我的一桩心事,咱们就去这朝阳洞凉快凉快。"展昆源说:"那就托大人的福,我们也去欣赏一下这万年古洞。"

陶山朝阳洞(王新华摄)

唐仲冕带着展昆源一路攀爬,终于来到位于陶山半山腰上的朝阳洞。这里地势险峻,崖壁直立,非常难爬。刚来到洞口,展昆源就觉得从洞里往外嗖嗖地吹凉风,酷热难当的感觉立马散失殆尽。他说道:"大人,这清凉之地真是名不虚传啊。"唐仲冕笑道:"里边更凉快。走吧,进去看看,这里面还有雕像和石刻呢。"展昆源赶紧跟上步伐,随着唐仲冕进入洞中。

洞里凉风习习,清爽无比。进洞口左侧有一处被磨平的石壁，上边刻着字。唐仲冕指着石壁说："这方刻石有好几部分呢，上面有元至元年间的刻字，还有宋宣和年间的刻字，距今有七百年了。"展昆源边点头边赞叹不已。

再往前，他们发现地上散落着几截石柱。唐仲冕说："这些都是前明弘治年间香客进献香炉、贡品时刻立的，如今都已经断了。对了，刚才洞口外西侧崖壁上还有一方明正德年间的刻石，那是修造佛像的记事碑。你看这东壁上，有各种佛像。"展昆源点头道："真是栩栩如生啊。"唐仲冕笑道："这还不是最壮观的呢。到后洞去看看，你会更加震惊。"

唐仲冕说罢，抬脚往后洞爬去。展昆源紧跟其后，爬进了后洞。这后洞比前洞高出四五米，好在中间有个四米长的平台可以过渡一下。展昆源只觉凉气逼人，抬头一看，只见头顶上黑洞洞的，不知道有多高。他赶紧把火把举起来，仍然看不到洞顶。展昆源说道："好高啊！"声音回荡在洞中，久久才散去。在洞北壁和西壁上刻着层层叠叠的佛像，但是火把光线有限，无法看到全貌。展昆源又点上两个火把，洞里顿时亮了许多，这下北壁和西壁上的佛像就可以看得清清楚楚了。只见北壁刻了上下四层佛像，西壁刻了两层佛像，底层的有近一丈高，第二层的有三尺多高，再上方的则小一些。两面壁上雕刻着大大小小共三十四尊佛像，佛像姿态各异，真是雕刻的艺术宝库。

两人欣赏完朝阳洞的雕像和石刻，也彻底凉快透了，还隐隐觉得有些冷。这时，已是日薄西山，两人赶紧往山下走去。

直到今天，陶山朝阳洞的千年刻石仍然完好无损，伫立在那里诉说着朝阳洞千年的变迁。

9. 玉泉寺

党怀英撰文记兴废

金泰和元年（1201）五月，辞官回家的大文学家、书法家党怀英，来到泰山谷山寺（玉泉寺）。党怀英曾经在《高僧传》中读到过一位名为意的僧人的奇闻逸事，没想到，在莲花峰下的谷山寺里，他又听到了意僧的故事。

相传在很久很久以前，有猎人在莲花峰下打猎时，遇到一尊罗汉像，结果忙活了一整天，什么猎物都没打到。一开始猎人没有在意，后来他发现，只要打猎时遇到罗汉像，必定空手而归。猎人很是恼火，找来许多柴草，要焚烧这尊罗汉像。第二天，猎人准备点燃柴草时，却发现罗汉像自行迁移到高处，柴火烧不到了。猎人非常震惊，赶紧跪在罗汉像下赔罪。当天晚上，村里有三四位老人和孩子，都做了同样的梦，梦见莲花峰上长期隐居着一位奇异的僧人，遇到了被猎人用火烧的灾难。有人在梦中问僧人是谁，僧人回答是"意"。

于是，有十多位村里的老人，依照梦中的场景多次进山寻找，果然在岩石掩蔽的深处，找到了这尊罗汉像。他们抬着罗汉像下山，来到谷山寺现在的位置时，罗汉像忽然重得抬不动了。大家发现这里峰岭环抱，景色幽深，正是兴建寺院的好地方。众人顿时醒悟，不再按原计划将罗汉像抬下山，而是在此地创建了谷山寺。当地山民，把这里称作"佛谷"。

后来由于战乱，寺院遭到破坏。又过了一段时间，僧人善

玉泉寺（王德全摄）

宁来到这里。他看到这里虽然到处是断壁残垣，但周围景致很好，山峰突起，层峦叠嶂。善宁决定重振寺院。他住在简陋的草棚中，每日里取土运石，修筑田堰，栽种树木。三十多年之后，善宁不仅种下了几千棵板栗树，还向官府申诉，要回了原来属于谷山寺的大片土地。正因为这些功德，善宁成为谷山寺的第一代祖师。

善宁圆寂之后，僧人法朗继承了他未竟的事业，又经过三十多年的苦心经营，法朗终成谷山寺第二代祖师。

党怀英前往谷山寺时，住持是智崇。智崇汇聚各地有识之士的力量，大兴土木，重建寺院。每天修建谷山寺的工匠人数超过百人，他们建造的大殿，仅雕琢精美的基石就有好几丈高。在山下的城中，还有专门为谷山寺供应生活用品的柴水院，谷山寺早已今非昔比。

谷山寺的兴衰历史让党怀英感慨不已，他挥笔写下《谷山寺记》一文并刻录成碑，把他在谷山寺的所见所闻永久地保存下来，以便让后人了解这座寺院的前世今生。

如今，谷山寺已更名为"玉泉寺"。党怀英撰写的《谷山寺记》石碑，依然完好保存在寺内。来来往往的游客们，通过这块石碑，了解了千年古刹玉泉寺的过去，知道了金代大文豪党怀英。

10. 戴村坝

白英献策解难题

明永乐九年（1411），明成祖朱棣命工部尚书宋礼等官员疏浚运河，工程重点是山东丘陵地带的会通河（京杭大运河山东东平段）。经过实地勘察，宋礼发现会通河段处于丘陵地带，地势比较高，而会通河水源不足，水流不大，所以经常因河水太浅而难以通航。

一开始，宋礼沿用前朝的方法，借助元代修建的堽城坝，引汶河之水补给运河，结果收效甚微。天旱缺水的时候，运河山东段的南旺河道仍会断航。下了那么大的力气，却没有解决漕运的根本问题，宋礼的内心十分焦灼。无奈之下，他一次次来到运河岸边，勘察地形、走访百姓，苦苦寻求治河良策。

一天，宋礼经人指点，专程来到汶上县彩山村拜访白英。白英常年生活在运河岸边，不仅对治水和行船有着丰富的实践经验，对山东境内大运河两岸的地势和水情更是了如指掌。白英见宋礼身为朝廷高官，为治理运河，深入民间与河工、船夫打成一片，觉得实属难得。再加上宋礼对自己的态度谦虚诚恳、恭敬有加，白英深受感动。接下来，他把自己多年运河治水的经验，以及对"引汶补运"的设想，一股脑儿全都告诉了宋礼。

白英说："大人引汶河之水补运河水量不足的想法是对的，可是大人依旧使用堽城坝拦蓄汶河水，这个位置并不合适，所以引取汶河的水量有限，对改善运河航运作用不大。"

一句话点醒梦中人。宋礼心说这次可是真的找对人了！他一把抓住白英的手，连声恳请赐教。白英缓缓说道："汶河筑坝这件事，我思谋了很长时间。下游的戴村，是个好地方。"

戴村坝（张瑞泉摄）

接着，白英向宋礼讲述了他的具体方案。白英提议拆除堽城坝，重新在戴村修建拦水坝。在戴村坝上游，开挖一条小汶河，把拦蓄下的大汶河全部水量和它沿线的泉水溪流都引到南旺，注入会通河，从而保证运河有足够的水量。为了有效利用水源和保护引汶入运水利工程，白英设计在南旺汶水流入运河的地方，砌筑一道一百丈（三百米）左右的石护坡，在迎向汶河水流处修建一个鱼嘴形的分水水脊，使经过分流的汶水，各自流向南北。一般情况下，汶河水至此，三分南注，七分北流，后人称之为"七分朝天子，三分下江南"。最后，白英总结道，如果以上举措都能实施的话，运河在山东丘陵地段断流的现象就可以妥善解决，漕运船只就可以畅通无阻。

听完白英的一席话，宋礼大喜过望。多日来困扰自己的问题，竟然被白英三言两语就全部解决了，齐鲁大地果真是卧虎藏龙！宋礼全部采纳了白英的建议，并力邀白英主持这一工程，白英愉快地接受了。

如今，时间已经过去了六百多年。白英主持修建的戴村坝，任凭大汶河水千磨万击，依然岿然不动。因为治河有功，明成祖朱棣追封白英为"功漕神"，清乾隆皇帝封他为"永济神"，光绪皇帝封他为"白大王"。时至今日，白英治河、修建戴村坝的故事，仍在民间一代一代地流传着。

11. 大成书院

孔子晒书留圣迹

明正德年间，安徽宣城举人刘赞来到山东担任肥城知县。刘赞为了快速了解当地的风土人情，就任的第一天就召集有名望的士绅座谈。

大家落座后，刘赞说："今天是我上任的第一天，请大家谈谈当地的风土人情，有什么好的建议也请提出来。"士绅们相互谦让，都不想第一个说。最后，一位年长的士绅说道："我年近八十，对肥城再了解不过了，客套话我就不多说了，今天就说说凤凰山下的晒书城遗址吧。"他接着说："桃园凤凰山前，有一处晒书城遗址。传说孔子带着弟子东游列国时遇到大雨，随身携带的经书被淋湿了，于是他们找了一片空旷的地方把经书晒干。为了纪念孔子曾在此晒书，这里便被命名为'晒书城'。后人尊崇圣学，怀念圣德，商量着在这里建祠恭祀孔子。考虑到孔子曾经问礼老子，于是一起恭祀。元代，有一位僧人重修圣迹，正殿恭祀佛像，两边恭祀孔子和老子，改名为'三教堂'。"老士绅停顿了一下，又一边叹息一边说："这是圣道遭受的一大劫难呀！"

另一位士绅接着说："老人家所言极是，如今的晒书城仍然是一个佛教寺庙，整日香火缭绕，梵钟响彻云霄。不知道知县大人怎么看待这件事呢？"其他士绅也纷纷附和。

刘赞看出来是士绅们对初来乍到的知县不放心，所以在试探他呢。他清了清嗓子，说道："肥城的这个晒书城我之前就有所耳闻，只不过没有这么详细罢了。这里本是圣人遗迹，怎么能喧宾夺主，成为佛教寺院呢？世人也太糊涂了，竟然助力香火。既然我担任了本地的知县，那么就让晒书城恢复圣人遗迹吧。这也是我来到肥城后主持的第一件事情，借以发扬圣学、提振学风。"士绅们听了刘赞的话后，都点头称赞。那位年老的士绅说："刘知县既然想改革晒书城，有需要我们的地方，尽管吩咐，我们一定全力支持。"

于是，刘赞派人把佛像和老子像挪走，把正殿大成殿扩成三间，中间恭祀孔子，旁边陈列四配，为大殿配了匾额"大成书院"。又建了东西厢房各五间，大门一座，并派专人看门，配备四名礼生，掌管祭祀礼仪。刘赞每年春秋带领县学的师生前来祭祀孔子两次。

刘赞所创建的大成书院，除了祭祀孔子外，还是明清时期肥城重要的学习机构，为肥城培养了一大批读书人。

刘赞在肥城担任知县期间，为官公正，两袖清风，不为强权劣绅所左右，为当地老百姓办了很多好事，人送外号"刘硬头"。当他离开肥城的时候，百姓们依依不舍地哭着夹道相送。

12. 红门关帝庙

天下晋商聚泰山

清道光年间，来自山西的医师李尚德于岱庙东侧，购置了十几间房子，开办了当时泰城最大最知名的药房"德医堂"。"德医堂"主要治疗关节病、精神类疾病及其他疑难杂症。

一日，药房里来了一位病人。李尚德问道："先生身体哪里不舒服？"病人回答："一阴天就腿疼，老毛病了。"李尚德看了看，拿出自制的膏药给他热敷，几个钟头后疼痛消失了。

病人平淡地说道："轻快多了，就是不知再到阴天下雨，会不会复发。""您放心，在我这里热敷上三次，以后绝不会再犯。"李尚德对自己的医术十分自信。

之后的一个月里，这位病人都按时到德医堂来热敷治疗，与李尚德也渐渐熟络了起来。"李先生，这一阵为我治疗，有劳您了，今天晚上请您到我店里喝一杯！"李尚德欣然答应，在日暮时分，到达了约定地点。

"李先生，快请进。"酒店的小厮热情地招呼。李尚德抬头一看，此店字号为"魁盛"，店面十分阔气，楼上楼下大大小小有上百张座位。信步而入，李尚德被领到一处包间，等候的便是在自己诊所接受热敷的那位病人。

"李先生好，快请坐吧！"李尚德落座后，说道："敢问先生尊姓大名？""我的名字叫王海晋，这家店是父辈传下来的，有年头了，现在主要是我在打理。"李尚德听罢，赞不绝口。席间攀谈过程中，李尚德得知王家祖上与自己是同乡，都是山西人，已有三代人在泰安经商了。

"我的关节痛是多年的老毛病了，这次能痊愈，真是仰仗李先生医术高明！"王海晋真诚地说道。酒过三巡，菜过五味，李尚德说："不瞒先生，我也是山西人，刚到泰安开药房不久。""竟然是老乡啊！这可太巧了！在泰安，我们的山西老乡有很多呢！改天到山西会馆去，大家一块认识认识。"王海晋笑着说。同为山西老乡，酒席上彼此就更开心了，开怀畅饮，使李尚德感到十分温暖。

过了半个月，王海晋派了马车拉着李尚德来到位于红门的山西会馆，参加在泰安的山西老乡们每个月固定的聚会。

李尚德到了山西会馆一看，会馆非常宽敞，有大殿三间。见李尚德来了，王海晋迎了出来，说道："明代末年，山西盐商在这里建了伏魔宫，后改名关帝庙。康熙二十二年（1683），创建了山西会馆。关老爷老家不是山西的吗？我们这些在外做生意的，能不供奉这尊'山西老乡'吗？这可是武财神啊，保佑我们的生意都顺顺利利的。"

在泰安经商的各行各业的山西商人陆续到场，这里面有盐业、典当业、酒业等各行各业的翘楚。由于有王海晋这样在酒店行业有重大影响力的人做介绍人，大家都纷纷表示愿意支持德医堂发展，这给了李尚德莫大的信心。

其中有位来自典当行业的山西老板对李尚德说："李先生，我的典当行开在大汶口，那里交通便利，无论是南下还是北上，都得从此经过，因此往来人口众

红门关帝庙崇宁殿（张东摄）

多。但大汶口至今没有一家成规模的诊所。若是德医堂在汶口开个分号，那将大大造福汶口百姓呢。对了，大汶口也有一个山西会馆，比红门的创建时间稍晚。会馆所在的村子就以'山西街村'命名。"李尚德听后饶有兴趣地说："好哇，我们可以先在汶口搞一次义诊活动！"宴会过后的第三天，德医堂的义诊活动布告就贴了出来。

一听说义诊的消息，山西街村、和平街村、卫驾庄村等周边的许多村民都前来问诊，不少村民久治不愈的疾病得到了有效的治疗。整个义诊活动持续了三天，受到了汶口百姓的高度评价。

义诊的积极反响，使李尚德十分欣慰，更坚定了他在汶口开办分号的想法。经过半年的筹备，德医堂汶口分号开张，地址就选在山西街村中。诊所开业那天，周围十里八乡的乡亲都赶来祝贺，各行各业的晋商兄弟也纷纷前来道贺。山西会馆的戏台上，更是敲锣打鼓，曲艺连番上场，庆祝德医堂分号的开设。

13. 陶南山馆

海源阁里藏书丰

清咸丰四年（1854），太平军北伐打到了山东，士绅之家无不人心惶惶，杨以增一家也在为家族的安全紧急商量着对策。

杨以增是聊城人，一生酷爱读书。曾先后在贵州、广西、湖北、河南、陕西等地任职，后来做到了江南河道总督的职位。受父亲影响，杨以增在任上的时候到处搜集藏书，并在为父亲守丧期间创建了海源阁藏书楼，后经过子子孙孙一代代的传承积累，最终达到了很大的规模。海源阁共藏有经史子集各类书籍 3236 部，总数超过 288300 卷，是清末四大私人藏书楼里藏书最多的。

太平军打到山东的时候，杨以增正在江苏清江一带带兵打仗，家事就由他的儿子杨绍和来照料。随着局势越来越危急，杨绍和与岳父傅秋屏商量对策，讨论如何妥善保存数量庞大的藏书。傅秋屏深知"大乱居乡，小乱居城"的道理，于是给女婿提建议说："听说离咱家二百多里的地方，是古时候肥子国的区域，这个地方地理位置偏僻，好像世外桃源一样，你可以把家人迁居到那里暂时避祸。"于是杨绍和听从了岳父的提议，举家搬迁到肥城，并在今天肥城市王庄镇的花园村修建了陶南山馆，之后慢慢把海源阁的大部分藏书搬到了这里。按照杨以增的曾孙杨敬夫的说法："我遵照曾祖父的指示，把海源阁的藏书分成了两份，其中 40% 留在了聊城，60% 藏到了陶南山馆里。"

因为觉得陶南山馆更安全，所以杨绍和运来的藏书不仅数量大，而且有很多宋元珍本，因此咸丰四年（1854）之后，陶南山馆后来居上，成为杨家藏书的主要收藏之地。但是令杨家人没想到的是，太平军没能占领北方，北方却又起了捻军，而且一路打到了肥城。战火波及陶南山馆，杨家的藏书损失了四成，尤其以经部损失最大，像宋本的《毛诗》，原来有二十卷，捻军过后只剩下三卷，其余十七卷都被付之一炬，让人痛惜不已。

陶南山馆归郁斋（王新华摄）

经此一事，杨家人觉得陶南山馆也并非人间净土，于是他们又把剩余的藏书运回了聊城海源阁。随着杨家人的搬离，陶南山馆也逐渐废弃荒芜。后来等杨以增的孙子杨保彝再来到陶南山馆时，这里已是一片断壁颓垣，荒草丛生了。杨保彝从小就在这里玩耍，对陶南山馆有很深的感情，看到这种荒凉的景象，心里十分难过，于是就召集了一批人把陶南山馆重新修复起来。

修复之后，杨保彝把陶南山馆改名为"眉园"，并在此住了下来，直到他的儿子杨敬夫迁居天津后，陶南山馆才又再次败落。如今，当年的藏书都已不在，但站在陶南山馆的藏书楼里，却仍能想象出当年书籍满屋时的壮观景象。

14. 长寿桥
军阀夫人泰山隐修

黑龙潭位于泰山西麓，上面有一座石桥横跨东西，叫作"长寿桥"。桥上立着朱红色的铁栏杆，在绿水青山的掩映下格外醒目。这座桥是 1924 年张培荣任兖州镇守使时建造的，然而张培荣建桥可并不是为了造福百姓，而是有他自己的小算盘。

张培荣是出名的"妻管严"，尽管平日里在下属面前威风八面、说一不二，但在老婆面前却是俯首帖耳、百依百顺。他的夫人侯芳缘仗着张培荣的权势，也是吃喝玩乐肆无忌惮。

侯氏听说泰山是座神山，每年都有来自四面八方的香客到泰山祈福，不由得动了在泰山上当神仙的念头，也想好好过一把被人膜拜的瘾。夫人发了话，张培荣怎敢不听，于是来到泰山，想找一块风水宝地为夫人建庙。

这一天，张培荣转悠到黑龙潭附近，见此处青山叠翠，清流夹道，既有雄伟的气势，又不失幽邃的意境，正是修道成仙的好地方，不由得连连大呼："就是这里，就是这里！在这里建庙，夫人一定高兴！"于是他在此处建了庙，尊其夫人为"无极真人"，这座庙便也被叫作"无极庙"。

无极庙建成后，侯氏便穿起道袍，端坐在莲花宝座上当起了"神仙"。而张培荣则率领所属各县的大小官吏和附近的百姓对其夫人顶礼膜拜，并专门刊印了《无极真经》散布各县，开卷便是无极真人的道装神像。不仅如此，张培荣还鼓动所辖各县的官民尊称其夫人为"神女仙子"，并把歌功颂德的石碑立在了无极庙门外。

毕竟不是真神仙，侯氏自己也心虚得很，便想着做点善事来堵一堵百姓的嘴。正巧无极庙东边有一条溪流，而溪上无桥，侯氏上山下山经过此处，很不方便。这里风景秀美，但

长寿桥（曹伟星摄）

游客、山民来来往往却不方便。如果能在溪流之上修一座桥，不但张夫人从此往来无极庙再无涉水之苦，还能博得一个为民造福的好名声。张培荣为了取悦夫人，了却夫人的这桩心事，便召集民众捐资，又拿出属下为夫人祝寿的贺礼，再加上自己的部分积蓄，修建了一座石桥，并起名为"长寿桥"，暗寓夫人长生不老之意。

再说侯芳缘，自从做了"无极真人"，起初几天还觉得很是新鲜，受人膜拜也非常得意，但时间一长便觉得难受无聊，越来越厌烦，最后终于悄悄地隐退了。

15. 泰安孤贫院

传教士的善举

1942 年 9 月 5 日,美国传教士安临来病逝于泰山教养院,时年 60 岁。冯玉祥将军这样称赞他:"安临来是中国人民的好朋友,是一位真正的慈善家,他的力量之大、毅力之大,实为罕见。"

安临来出生于美国一个信仰基督教的农民家庭,成年以后在南部山区传教和教学。1909 年,因为一个偶然的机会,安临来结识了一位在中国泰安传教多年的浸信会牧师,从他那里了解到中国以及泰安的情况,于是带着妻子来到了泰安,并分别起了中文名字安临来和安美丽。

1911 年,安临来夫妇离开了元宝街浸信会,在东关迎暄街买了一处房子,创办了"神召会"教堂。他对待教众耐心和善,安牧师的名字很快就在泰城传播开来。

安临来的妻子是孤儿出身,知道孤儿的生活有多么不容易,因此夫妇俩对泰城的孤儿特别关注。他们先后收留了五名孤儿,对他们悉心教导。当时的中国战祸连连,民不聊生,泰山脚下的孤儿随处可见。安临来为了帮助这些无家可归的孩子,就把自己的教堂改名为"阿尼色弗泰山孤贫院"。

阿尼色弗是以弗所教会的信徒,他在朋友患难时不顾危险不避嫌疑,倾尽全力给予帮助,安临来把孤贫院命名为阿尼色弗,也有要全心全意帮助泰安孤儿的寓意在里头。他对朋友说:

"我办这个孤贫院是秉承上帝的旨意。有一天，我忽然梦见了'阿尼色弗洛斯'几个大字出现在眼前，我查了圣经字典，才知道这是主的指示，要我像阿尼色弗帮助苦难中的保罗一样去帮助泰山脚下这些受苦受难的民众和孩子。"

安临来办孤贫院的态度非常坚决，但这个举动却招致了浸信会等宗教组织的不满。他们认为安临来把教堂改成孤贫院不符合美国的宗教政策，是教会的叛徒。为了逼迫安临来回归"正路"，教会断绝了对他的所有资助。但安临来决心不改，没有钱，他便办起织布厂、农艺场、奶牛场等，用实业来养事业。靠着这种办法，孤贫院不但维持了下去，而且还开始扩大规模。孤贫院救助的人越来越多，再次陷入资金缺乏的窘境。

1928 年，安临来与基督教神召会美国总部签订了协议，把泰山孤贫院的土地、房屋、设备等都转让给神召会美国总部，但规定这些财产必须永久用于泰山孤贫院。这样，安临来用自己的妥协换来了美国神召会总部对孤贫院的支持。

为了解决孤贫院的资金困难，安临来在芝加哥成立了阿尼色弗泰山孤贫院芝加哥办事处，负责美国的募捐事宜。为了让更多的人了解孤贫院、支持孤贫院，他还编印报刊、拍摄纪录片四处宣传。1933 年，他发起了"十万元基金募捐活动"，亲自带着劝善簿去南京劝捐。正在泰山隐居的冯玉祥将军也向孤贫院伸出了援助之手，不但给予孤贫院经济上的资助，还经常将自己写的诗歌和一些进步书籍送给孩子们，鼓励他们好好学习、报效国家。冯玉祥对安临来在泰安开办慈善事业非常赞赏，在他的提议下，安临来把"阿尼色弗泰山孤贫院"改名为

"泰山教养院"。

在安临来的教养院里，孩子们半工半读，接受了相对良好的教育，后来教养院的绝大多数孤儿能够自力更生，成为社会的有用之才。更有一部分人投身抗日战争，为中华民族的解放做出了贡献。

1937年，日本帝国主义发动了全面侵华战争。1938年1月，日军占领泰安后，对安临来夫妇进行了百般迫害。在这种情形下，安临来却对中国的未来充满了希望，他曾经对身边的工作人员说："中国的红色力量是中国的未来，他们能吃苦，爱贫苦人，他们是中国的希望所在。"

安临来去世后，泰山教养院先被日本人把持，后来由安临来的助手接管。1951年9月，在院内孤儿和职工的请求下，泰安专员公署接管了教养院，从此，困窘的教养院变成了社会主义的福利院。

（三）非遗传承

1. 东岳庙会

持续千年的万古长春会

天还黑着，岱庙里已是人头攒动，一派忙碌的景象。今天是年三十，按说正是合家团圆一起吃年夜饭的时候，可是岱庙门口早早地就挂上了一排排红灯笼，上面用黑字写着"长春会"。

要说这长春会，那可是有来头了。长春会也叫庙会，早在南北朝时期就初具雏形。到了唐代，泰山上下宫观叠起，斋醮不断，各地善男信女云集庆贺。宋代时更是热闹，泰山东岳庙会变成了专为庆祝泰山神生日的盛大活动。明代又与庆祝泰山老奶奶的生日结合起来，这庙会的时间就越来越长，规模也越来越大。

为了表示对泰山神灵的虔诚，许多香客往往在年三十晚上就来到泰安，就为了能够给东岳大帝和碧霞元君奉上辞旧迎新的第一炉香火。

民国初年，虽然局势不算太平，但阻挡不住老百姓虔诚恭敬之心。刘宝柱跟着父亲来到泰城时，看到这热闹的景象，没吃上年夜饭的不快早就被抛到了脑后。

刘老汉慈爱地拍拍他的脑袋："跟上我，一会儿就找不着你了。"

"爹，怎么这么多人，他们都不在家吃年夜饭吗？"

"这才哪到哪啊，你要是三月二十八过来，山上的人更多。"

"能开这么长时间？"

"那是。三月二十八是泰山神的生日，这一天举行庙会是宋朝皇帝定下的，那时候来的人最多，最热闹。咱东岳庙会从正月初一能一直开到四月初八，要不怎么叫长春会呢。"

刘老汉是庄稼人，可他有一门手艺，就是捏泥哨。刘老汉会用泥巴捏出各种形态的小鸟，然后在鸟嘴和尾巴上各打出一个孔来，嘴对着鸟嘴一吹，就能发出呜呜的声音。这种小玩意只有两三厘米长，烧制的要求也不高，烧好后，刘老汉还会给每只鸟涂上不同的颜色。因为简单，所以价格也不高，香客们哪怕兜里只剩下两个子儿，也能买得起一只泥哨带回去哄孩子，所以反而成了东岳庙会上最受欢迎的商品。

刘老汉每次都要做好一包袱的泥哨带到东岳庙会上来卖。泥巴是现成的，颜色也花不了几个钱，做好的成品卖出的钱能给老婆子和闺女扯上几尺花布，给儿子买点纸墨，再给闺女的大胖小子买点零嘴。所以到了庙会开始的时候，家里反倒催着老汉快去，别误了时辰，占不上好的位置。

随着年纪增长，一到年下，刘老汉的腿就越来越酸痛，他就盘算着要让儿子来接他的班了。宝柱本来不乐意，可看到眼前繁华的景象，嘴里也停止了抱怨。

一进岱庙，宝柱的眼睛就不够使了，虽然父亲一再催促，他仍止不住地东张西望着。只见庙市上摆摊最多的就是卖各种各样的小孩玩具了，除了他家的泥哨，还有泥春鼓、泥娃娃、泥狗、不倒翁等等，也有孙猴子、猪八戒等故事里的人物。其他吃的喝的更是少不了，摊位从岱庙里面一直延伸到外面。岱庙里还有不少店铺，主要以日用百货、土产杂品为主，也很受香客的欢迎。杂耍艺人也趁着这个时候占起了各自的地盘，吆喝声、敲锣声此起彼伏，比起乡下的大集不知要热闹多少倍。此外有卖书画的、卖膏药的，还有掷色子赌输赢的……宝柱觉得自己的眼睛都看花了。

刘老汉到底心疼儿子，支好摊位后，把包袱里的泥哨一个个摆在包袱皮上，便对儿子说道："先去玩吧，这会儿买东西的还上不来。你去买几个油炸糕吃，回来的时候，去仰高门那里买点花生米，我就爱他家那一口。要是觉得闷，前边有说相声的，还有唱木偶戏的。别玩起来没够就行。"

宝柱一听，仿佛摘了紧箍的孙猴子，不等他爹把话说完，早就钻到人群里跑得没了影儿。

2. 新泰独杆跷

走出独一无二的步伐

提起踩高跷来，大家都不陌生。尤其是在过年的时候，这种历史悠久的民间舞蹈，在全国各地几乎都能看到。不过人们平常见到的高跷表演，都是演员的双脚各踩一根木跷，高高在上，如履平地。在山东泰安新泰市，却流传着一种双脚踩在一根木跷上表演的民间绝活——独杆跷。

新泰独杆跷（刘建辉摄）

独杆跷是极具特色的一种民间舞蹈表现形式，清光绪二十三年（1897）前后，发源于新泰市羊流镇的大洼村，至今已有一百多年的历史。当时，新泰羊流一带经济发达，民间杂耍极为盛行，高跷队众多，高手云集，其中一些技艺超群的艺人发明了单脚踩跷跳台阶的绝技。这种别具一格的独杆跷顿时赢得围观群众的喝彩，捧得头彩。后经第二代传人王家络发展到极致，形成了独杆跷的基本模式，表演时双脚踩踏板，独杆在地上蹦跳走动。第三代传人王兆杰在单跷的基础上，彻底去掉了绑跷的跷绳，只用脚踩踏板舞动。他还将这一绝技与流传于本地区的民间故事相结合，编创了深受民众喜爱的《刘海戏金蟾》，成为独杆跷的经典剧目。

"刘海戏金蟾"故事来源于民间传说，其造型带有浓郁的神话传奇色彩。剧中两个人物分别是刘海和金蟾。金蟾道具为一个绿色的蛤蟆头套，一件包住全身的绿色蟾衣。表演分"串街"和"摆场"两种形式。"串街"时，独杆跷扛着跷跟着"故事队"行走，遇到放鞭炮请他们表演时，刘海做"双踩跷"，金蟾做"蛙跳"动作行走。"摆场"时，刘海与金蟾做全面的配合。刘海做"双踩""单踩""交叉踩""左单踩""右单踩""蹦跳踩"等高难度、高技巧动作。金蟾做"蛙跳""蛙爬""四爪朝天""四腿蜷"等诙谐幽默的动作。

独杆跷从道具、乐器、造型到绝技表演都有一定的规模和套路，形成了完整的表演体系，是古老而独特的民间艺术形式。独杆跷造型奇特，生动逼真，动作活泼诙谐，成为山东乃至全国民间舞蹈中的独门绝技。

3. 泰山皮影戏

中华绝技"十不闲"

"挑影子的来了！挑影子的来了！"随着孩子们的欢呼声，从街角处拐过来一位老人。他肩挑一根扁担，前面是只木箱，后面则是一捆被褥。老人走到岱庙正阳门前的小广场上，放下担子，从箱子里取出皮影和幕布，做着皮影戏开始前的准备，很快孩子们便围了一圈。

"挑影子"是泰山皮影戏的俗称。据传，汉武帝的宠妃李夫人去世后，武帝日思夜想，始终不能忘怀。有来自齐地的方士为武帝献策，说他可以将李夫人的魂魄招来与武帝一见，但阴阳有别，武帝只能远观，不可近前惊了幽魂。当夜，烛光映照下的帷幕后面果然出现了李夫人的倩影，这位为武帝招魂的方士便是皮影戏的始祖。经过两千年的发展，皮影戏形成了不同的地方流派，也成了老百姓喜闻乐见的娱乐形式。

岱庙前的小广场上到处扎着表演用的棚子，里面摆着简陋的桌凳。说书的、变戏法的、算卦的，都在这些棚子里表演。天色近晚，这些表演陆续结束，泰山皮影戏却才刚刚准备开始。

"来者何人？俺乃泰山石敢当！大胆的妖狼，竟敢在泰山上拦路吃人，俺岂能容你！"锣鼓声响起，幕布后的黑影渐渐明显，映出了主人公清晰的轮廓。虽然只是皮影，却将这位英雄的样貌刻画得栩栩如生。只见石敢当手持红缨枪，纵跃灵巧，进退自如，一杆枪耍得风生水起，不一会儿狼妖就倒在了他的红缨枪下，围观的人群中立刻爆发出一片喝彩声。

别看台上演得热闹，实际上操纵整台戏的却只有一个人，这也是泰山皮影戏跟其他皮影戏不同的地方。有小孩子偷偷地跑到幕后去看，却见老艺人左脚踩着鼓，右脚敲着锣，嘴里一会儿念词一会儿唱曲，眼睛全神贯注地盯着面前的幕布，而两只手则指挥着皮影上下翻飞。孩子知道，这就是大人们特别推崇的单人皮影"十不闲"。

老艺人显然对自己的手艺格外自豪，看到有孩子偷窥，他也只是和蔼地笑笑，甚至演出结束以后，他还会把好奇的小孩子拉到跟前，手把手教他体验一把"十不闲"，再看着孩子手忙脚乱的狼狈样哈哈大笑。

"艺术本来就应该给人们带来快乐。"这是老艺人的座右铭，也是他献身皮影戏的原因。在那个年代，人分三教九流，表演皮影戏的艺人就属于地位很低的那种，可老艺人从没计较过这些，只是一心一意地热爱着皮影戏。白天，他会找棵大树，树下放张桌子，闷声不响地坐在那里刻皮影。晚上，他就拿着新刻好的皮影到岱庙前面去演出。隔三岔五，他就能琢磨出一个新的故事来。泰城的孩子们只要一看到他挑担的身影，就知道今天晚上又有皮影戏可看了。

泰山皮影"十不闲"（范正安供图）

4. 孟氏中医正骨

孟玉堂得奇遇为民疗伤

清同治年间，新泰县高孟村的孟玉堂正在家里劳作，这时院外传来一声佛号："阿弥陀佛！请问施主在家吗？"孟玉堂来到院门口，发现一位衣衫褴褛的和尚，拄着手杖站在门前。只见他满脸灰尘，脸色蜡黄，都快站不稳当了。孟玉堂赶紧把和尚扶进院里，拿来一个板凳让他坐下。和尚勉强施了一礼，一屁股坐在板凳上。孟玉堂又赶紧去端来一碗水，让和尚喝了。这时，他才开口问道："大师，您这是怎么了？"和尚喝了水有点缓过劲儿来了，开口道："多谢施主。我本是河南开封少林武僧，前些年北上游方，后来打算从新泰往南返回少林。但是这几年战乱频繁，各地村庄十室九空，一路走来，很久没有碰到住户了。我已经三天没吃没喝了，要不是遇到施主，可能就凶多吉少了。"说完，和尚又弯腰行了一礼。孟玉堂赶紧扶了一下，说道："大师不必客气，能助大师脱困，一定是咱们有缘。您放心在这里住下，等休养好了再上路。"和尚连连称谢。

不知不觉，武僧在孟玉堂家住了快半个月。在此期间，孟玉堂用心照顾，每日清斋淡茶，倒也丰富。有一天，武僧对孟玉堂说："孟施主，多谢您好心收留，这些天承蒙您悉心照顾，我的身体已经恢复，也得赶紧上路往回赶了。走之前，为了表达对您的感激，我教您一点接骨的技巧，以后可以靠这个手艺养家糊口，不至于太过劳累。"孟玉堂一听，赶紧拱手道谢：

"多谢大师无私相授。"

于是，武僧将接骨、正骨疗法悉数相授，教他做夹板、肢具，另外还送给他一份治疗跌打损伤的药方。孟玉堂在武僧的悉心指导下，很快掌握了接骨、正骨的手法，学会了草药的识别和配伍。等孟玉堂学得差不多了，武僧就离开了。

孟玉堂根据武僧传授的技法，又经过自己的实践和钻研，创新出摸、接、端、提、旋、捏、牵、拿等正骨手法。在夹板材料的选择上，选用柔韧度更好的柳木。孟玉堂又根据伤者的受伤程度和体质不同，对药方进行调整，灵活配伍。一开始，草药捣碎敷在伤处，效果不佳，有时有外伤又引起疼痛。于是孟玉堂绞尽脑汁，将草药煎熬成膏，制成膏药，方便贴敷。有了他娴熟的正骨手法，加上精心熬制的膏药，再辅以特制的柳木夹板，伤者很快就恢复了。

孟氏正骨很快声名远播，前来就诊的人络绎不绝。伤者不论贫富贵贱，孟玉堂都认真治疗，仔细配药。

孟氏正骨在孟家代代相传，为受伤的百姓解除了疼痛，得到百姓的一致称赞。

5. 山东梆子

活跃于北京戏坛的梆子班

山东梆子是山东的主要地方戏，源于明末清初的山陕梆子，也就是古秦腔。山陕梆子在明末清初形成后，很快向大江南北流传开来，从河南开封沿着运河进入山东运河沿岸地区，又名

"高调梆子"。因其高昂激越的特点，被人称为"舍命梆子腔"。

清乾隆年间，山东梆子鲁泰社出了一个台柱子叫郭凤山。郭凤山年幼的时候，在他家旁边就有一个科班戏场。家里面的孩子多，父母要耕地纺织，顾不上照看他，他在科班戏场一坐就是一整天。观众入戏场时，人头攒动，热闹非凡。开戏锣一响，鸦雀无声，剧场间激荡着梆锣器乐中的真腔实嗓。每到精妙处，掌声、喝彩声如潮水般袭来。散场的长号鸣过后，人流蠕动退场，剧场内空空荡荡，寂静如眠……这些场景深深印到小凤山脑海中。

到了童年的时候，见识略开，郭凤山从一开始喜欢戏场热闹的情景，变成被山东梆子中演绎的文武大臣、天下英雄、大案奇案的跌宕起伏情节所吸引。他尤其崇拜杨家将、呼家将、狄青这些英雄人物。兴之所至，他会与小玩伴像模像样地按照剧情表演起来，这一次你扮演杨宗保、我扮演杨六郎，下一次又互换角色，投入戏境中，令围观者忍俊不禁。童年的郭凤山看了三年的戏，耳濡目染，为以后步入戏剧殿堂积累了难得的经验。家人一开始不同意郭凤山入戏班，认为是戏子，社会地位不高。但是，禁不住软磨硬泡，家人勉强同意了，想着先让他到剧社磨炼一下，也许会知难而退。

初入剧社，郭凤山充满好奇与期待，每天早上卯时起床，与十几个小伙伴一起，到小河边喊嗓练唱。练习半个时辰后，返回剧社开始压腿、踢腿、下腰、拿顶，并穿插进行台步、蹲步、圆场、文功、武功的练习，刮风下雨从不间断。其间，他还随学随上台演出一些小角色。

张见成师傅对学徒要求非常严格，在训练时，学徒们甚至能够听到自己骨骼的咔嚓声。张师傅看到了郭凤山的韧劲和潜质，对待他非常严厉，从不与他说笑。有时候，张师傅正在与别人谈笑风生，转眼见到他，立马绷起脸来。张师傅教戏时，自己坐在马扎上，身边放一把光溜溜的木头戒尺，郭凤山坐在地铺上。张师傅唱一句，郭凤山跟一句，有模有样的。郭凤山基本功不差，悟性高，学得快，戒尺从来没有派上过用场。

郭凤山演戏认真专注，很少出错。但是，有一次例外，在演《杨七郎打擂》时，郭凤山一句唱词掉了板。下台后，张师傅随手抄起一根木棒，狠狠打了十来下才停手，郭凤山眼泪汪汪，却也记住了这个事儿。此后，他在台上再也没有出过差错。剧社演出时，经常徒步数十里，甚至更远，十分辛苦。有时候，还会在破旧寺庙里落脚过夜，与神像为伴。这一切都没有浇灭郭凤山继续唱戏的念头，反而更坚定了他的决心。

郭凤山果然是一块唱戏的好料，先是演配角，然后演主角，循序渐进，演技越来越纯熟，逐渐形成了自己独特的唱腔风格。他的梆子腔纯正，腔弯丰富多变，韵味十足，吸引了越来越多的人前来观看，每逢他上场就会掌声不断。为了更好地发展，他后来加入了鲁泰社，在山东场子中开始崭露头角，脱颖而出。

京城的广昌戏班听说郭凤山的名头之后，经过一番讨价还价，"接"郭凤山进京演出。郭凤山声腔洪亮高亢，不走下五音，走上五音，因而极具感染力。同时，剧目多是征北英雄戏、侠义英雄戏、包公戏，惩恶扬善、伸张正义，情节成熟、前后呼应，博得了一片叫好声，票房出乎意料地直线上升。郭凤山在京城开了一个好头，随后，不断有京城戏班子"接"山东梆子艺人入京。

自此，山东梆子开始在京城戏班中有了好口碑，成为流行戏曲。2008 年，山东梆子经国务院批准列入第二批国家级非物质文化遗产名录。

6. 徐家拳

徐花葶团练防捻军

清咸丰三年（1853），捻军北犯，来到新泰县境内，并妄图攻陷新泰县城。一时间，新泰城外杀声一片，新泰守军奋力抵抗。捻军人多势众，来势汹汹，守军渐有抵挡不住之势。这时，从城内杀出一支队伍，他们没有守军的精良装备，但是一个个精神抖擞，斗志昂扬。只见前排一人，身高力大，手持大刀带头冲锋陷阵。身后的士兵不甘落后，纷纷往前冲去，与捻军战在一起。人们纷纷猜测，这支队伍是什么来头？怎么这么勇猛呢？竟然比正规守军还要厉害。

原来这是新泰县团练的民兵。在这些团练民兵的严密防守、英勇还击下，最终捻军被击退，新泰县城得以保全。新泰县团练的团总名叫徐花葶，因为这次率队击退捻军，保卫县城有功，受到朝廷的嘉奖，赏赐亮蓝顶戴花翎。亮蓝色是三品大员才能佩戴的，可见其战功卓越。徐花葶是咸丰年间的武庠生，刚刚被推选为新泰县团练的团总。除此之外，他还有一个身份呢。

徐花葶是徐家拳第六代传人，他身材伟岸，力大惊人，平时善于钻研，将徐家拳拳法发扬光大，并结合各种兵器特点，丰富了徐家拳技法。徐家拳是徐花葶祖上徐盛才于雍正年间所创。徐盛才自幼习武，走南闯北拜师学艺，练就了一身武艺。本来这拳法只在长子门中传承，其他人知之甚少。但是到了徐花葶这里，他不仅自己勤练徐家拳，还用徐家拳训练民兵，这就大大加强了新泰团练的作战能力。

徐家拳不仅有拳法，还有器械和功法。拳法单练套路有三十七式，兼具南北派功夫精华，动作干脆，既有北派功夫出拳快、发力重的特点，又有南派功夫轻灵、迅猛的特点。对练套路有五类，分别是撞膀锤拳、十字按拳、裁手拳、小劈风拳、二郎拳。器械单练和对练有棍术、春秋刀、单刀、七节鞭、三节棍、长矛、羊角拐等。对练时有拆手技法，通过撮鼻梁、打斜肋、顶心、盖顶、掼耳、击裆、削喉等技法，达到见招拆招的熟练状态。徐家拳通过站桩提升功力，有攻击桩和养生桩两种，加上强壮功来辅助练功，缓解疲劳、强身健体。

徐家拳传承到第十代徐勤启这里，得到了更大的发展。他在部队服役期间，曾担任武术教官，向官兵传授徐家拳。之后他免费授徒，推广徐家拳，吸引了全国各地武术爱好者前来交流学习。徐家拳的健身和实用价值越来越被专家和武术爱好者重视。2014 年，徐家拳经国务院批准列入第四批国家级非物质文化遗产名录。

7. 泰山豆腐

制作神豆腐的传统技艺

泰山豆腐又称为"神豆腐"。据民间传说，自在泰山脚下建城以后，城郊四周农村豆腐业不断发展，城内出现了"凌晨街街梆子响，傍晚户户豆腐香"的景象。说起泰山豆腐的制作工艺，还有一段故事呢。

清乾隆三十年（1765）正月三十一大早，泰安知府就带领着大小官员在城门外列队等待，突然传来阵阵马蹄声，接着大队人马出现在城门边。泰安知府等赶紧跪下，高喊："皇上万岁万岁万万岁！皇太后千岁千岁千千岁！"原来，是乾隆皇帝带着母亲孝宪太后和继皇后乌喇那拉氏、令妃、庆妃、容嫔等人东巡，途经泰安。

乾隆皇帝把皇太后和嫔妃们在四贤祠行宫安顿好后，来到会客厅接见当地官员。落座后，乾隆皇帝说："皇太后此次来泰山祭祀，饮食一定不要大意呀。泰山物华天宝，本地有什么上好的特产吗？"泰安知府回答道："启奏皇上，泰山的泉水清甜甘冽，用这种水做的豆腐不容易碎，适合各种烹饪方法，口感细腻，尤其是炖的豆腐，吃过之后，回味无穷啊！"乾隆皇帝一听，说道："那这几天就做个豆腐尝尝。"

第二天，御膳总管就把泰安知府进献的"炒鸡炖豆腐"呈了上来。乾隆皇帝亲自给皇太后盛了一碗，然后等着皇太后的反应。皇太后用勺子盛了一块豆腐放进嘴里，吃完后，又接连吃了几块，对皇帝说："这个豆腐好吃啊，入口即化，口感滑爽，还没有豆腥气。你快吃两口尝尝。"一听母亲高度赞赏泰山豆腐，乾隆皇帝也舀了一碗吃了起来，边吃边频频点头。

当天晚上，乾隆皇帝去给皇太后请安的时候，皇太后说："今天的豆腐着实好吃，令人回味无穷呀。"乾隆皇帝说："太后要是觉得好吃的话，让做豆腐的师傅把制作方法教给御膳房，这样，我们回去了也能吃到这么好吃的豆腐。"皇太后点头应允。乾隆皇帝传令下去，请师傅来行宫教授豆腐制作技术。

师傅来了之后，对宫廷厨师说："泰山豆腐的制作方法很简单，就是把豆子倒进一个可以旋转的磨子里面，加入水，经过磨浆、剥沫、滤浆等工序，煮开后再用石膏点脑，然后静置，一块块白嫩的豆腐就成形了。做好豆腐的关键是用本地石膏作引料，而不用卤水，这样做出来的豆腐细而坚，口感极佳。"师傅一边说着，一边给宫廷御厨做示范。

乾隆皇帝对泰山豆腐念念不忘，在乾隆三十六年（1771）和乾隆四十一年（1776）两次南巡，经过泰安时，又先后让当地进献了拌豆腐、脍三鲜豆腐、五香鸡脍煎豆腐等菜品。

直至今日，泰山豆腐依旧保持了传统的制作工艺，也是泰城居民餐桌上的常见菜品。经过再加工还能制成豆腐乳、豆腐干、豆腐皮、五香豆腐、麻辣豆腐、冻豆腐等不同菜品。

8. 道教音乐

全真龙门派腊山演道韵

腊山庙会上，掌门人杜永奎摆弄起了梧桐大管，悠扬的音乐令人纷纷驻足欣赏、流连忘返。梧桐大管厚重、稳健的音符缓缓飘出，萦绕在祥龙观内，衬托出古观的端庄肃穆，也让原本喧闹的庙会，渐渐安静了下来。

这时，一个稚嫩的男童突然跑到杜道长跟前说道："白胡子爷爷，我也要吹！"仙风道骨的杜道长被这小童逗乐了，说道："好，好，你愿意学，爷爷就愿意教。"小孩子哪里懂得乐理，鼓足了气使劲地吹，连耳朵都憋红了，那梧桐大管都快被他吹破了音！杜道长哈哈大笑，也不责备他，耐心地说："孩子，和你父母说一声，以后每天下午过来，爷爷认真教你，咱们认真吹！"小男孩似懂非懂地点了点头，一下子跑走了，消失在赶庙会的人群中。

杜永奎本以为孩子只是一时兴起，很快就忘记了。没想到第二天下午，这个小男孩竟然气喘吁吁地跑了过来，叫喊着："爷爷，爷爷，我要拜你为师！"说着还跟跄地摔了一跤。紧接着，小男孩的父母也跟了过来，手里提着礼物，说道："杜道长，在庙会上我们全家都很喜欢您的曲子，孩子喜欢学，恳请您收下他吧！"

就这样，杜道长收下了这个小徒弟，每天手把手地教他识谱、吹奏。渐渐地，小男孩演奏得越来越像样了，从开始的一两首曲子，到如今可以熟练地掌握十几首。

看着眼前这个小男孩，杜道长十分欣慰，感觉自己练习了一辈子的道乐，也终于有人传承下去了。于是一个念头在他心中油然而生："何不办一个道教音乐培训班？定向培养有意愿、有天赋的音乐人才，使他们有一个广阔的发展平台，同时又能为道教音乐事业发展提供人才储备。"

说干就干，杜道长集结对道乐较有研究的师傅，将每个人擅长的不同演奏乐器进行分类，组建起一支十几人的"腊山道乐乐队"。这支队伍既是出色的演奏队伍，又是雄厚的师资力量。

办学的条件准备就绪，1958 年，杜永奎在祥龙观办起了"腊山音乐大学"。1986 年，泰山道教协会和东平县文化局录制了十二首曲牌，发表在《中国民族民间音乐·山东卷》，并且在中央 4 台多次播放。

腊山道教音乐由道教龙门派始祖丘处机初创，他的弟子龙门派第十代住持杨清荣，在腊山修建祥龙观，丰富了道乐演奏曲目与演奏乐器。腊山道乐的第十八代传人杜永奎道长从先辈手中接过道乐曲谱，不断创新改进，继续发扬下去。

而那位在庙会上嚷着要吹梧桐大管的小男孩，也成为龙门派道乐第十九代传人，他就是俗家弟子岳耀海，道号岳元庆。他启发了杜永奎的办学初衷，后来也成为腊山道乐传承的关键人物。2008 年，腊山道教音乐入选第二批国家级非物质文化遗产代表性项目名录，使它的传承与发展迈上了更高的台阶。

9. 端鼓腔

东平湖畔的渔韵

千百年来,烟波浩渺的东平湖不仅哺育了无数的黎民百姓,更留传下众多的历史文化遗存,深受湖区人民喜爱的国家级非物质文化遗产——端鼓腔,就是其中之一。端鼓腔也被称作"端供腔"或"端公腔",是流行于东平湖一带的曲艺品种。

端鼓腔至少在清代中期就已经在东平湖畔传唱开来。早期的端鼓腔多在敬河神活动中演出,所以在东平湖一带也俗称"敬河神"。一开始,端鼓腔只是在敬河神仪式上唱念的咒语,后来逐渐融入了神话故事,变成了一种独具特色的说唱艺术。这样,端鼓腔由最初的专为敬河神的演唱,慢慢演变为渔民庆贺丰收和婚娶寿宴等活动时的娱乐助兴表演。

端鼓腔对演出场地的要求不高,表演形式也比较简单,一般是一人或多人手持羊皮端鼓,边敲击边走动演唱。原生态端鼓腔的伴奏乐器只有单面羊皮鼓,鼓柄的末端有铁圈,圈上套着九个小铁环,叫"九连环"。伴奏时左手把鼓端在手中,右手用竹制的鼓槌敲击鼓面,随着不同的鼓点晃动下端的铁环,就会发出清脆悦耳的声音。

端鼓腔的唱腔具有浓郁的地方风格,方言土语,别有风味。端鼓腔的曲调有"七字韵""十字韵""请神调""送神调"等,曲牌丰富,剧目众多。端鼓腔的传统节目有《魏征梦斩小白龙》《张相打嫁妆》《刘文龙赶考》等,不仅具有鲜明的审美特色，而且极富民俗研究价值。端鼓腔不仅能够娱乐，更能教育人。因为端鼓腔讲述的多是弘扬正义、善恶有报的故事，有很强的教化作用，所以一直为百姓喜闻乐见，在民间有旺盛的生命力。

端鼓腔凝聚了东平湖区人民的才能和智慧，贯穿于东平湖区的历史进程，保留了濒临失传的湖区汉族民间艺术及民间风俗，具有珍贵的历史文化价值和丰富的文化底蕴，是一种独特的地域文化和民俗文化。

10. 泰山封禅御宴

皇帝封禅大宴群臣

唐开元十三年（725）冬季，唐玄宗来到泰山举行封禅大典。

为了这次封禅，朝廷上下做了大量的工作。早在开元十二年（724）末，裴漼、源乾曜、张说等大臣就先后上书，请求玄宗皇帝封禅泰山。唐玄宗同意后，众大臣就开始紧锣密鼓地做准备了。与此同时，膳部、光禄寺和尚食局的官员们也聚在一起，为皇帝出行时的饮食安排商议着对策。

在唐代，负责祭祀、宴会和皇帝日常饮食的部门由三部分组成，分别是膳部、光禄寺和尚食局。膳部郎中属礼部官员，职责重大，皇帝封禅泰山，随从众多，而且有外邦国王、使者随行，因此这封禅御宴一点儿也马虎不得。

会议由膳部郎中召集，众人聚齐之后，郎中先开口道："诸位，此次皇上封禅泰山，规格之高、随从之众都是前所未有的。

最重要的封禅御宴，该准备几道菜，用哪些食材来做，由谁来做，既要符合礼仪，又要彰显出皇家气派。大家一起来出出主意，不必拘泥，畅所欲言，务必让皇上满意，众大臣满意，以免挑出我们的毛病来。"

大堂里安静了一会儿，光禄寺卿发言道："厨师自然是以御厨为主。不过，既然是到泰山去，也应该由当地官员推举部分当地名厨参与菜品的制作，方可显示出地方特色。此外，封禅仪式属国家大典，素斋自然是少不了的，也得挑部分擅长做素斋的道士加入。"

郎中微微颔首，显然是认可了光禄寺卿的建议。略一沉吟，他又转头问道："前代皇帝举办封禅御宴，选用的食材可有记录？"

司膳早有准备，立即打开手中所捧简册，答道："根据记载，秦朝始皇帝封禅泰山时所选用的食材主要有熊、豹、虎、泰山玉皇草、丹顶鹤、狼、蚌、鲅鱼、象、鳜鱼、龟、獐、牦牛、泰山黄精等物，此外辅以山野菌菇、飞禽走兽。汉朝武帝封禅时所用食材与始皇帝类似，不过又增加了孔雀、鳗鱼、乌鸦、鹿、青蛙、泰山豆腐、鹅、马、泰山何首乌、甲鱼等物。我大唐高宗皇帝封禅泰山时所选食材又有海参、对虾、大鲵、石鸡、鲈鱼、西藏野驴、牡蛎、鳙鱼、梅花鹿、泰山赤鳞鱼等。"

尚食局的食医也躬身发言道："凡皇上的饮食，均需注意合理搭配，使身体在享受美味的同时又能达到防病治病、强身健体、延年益寿之功效，因此在食材选择和菜品的制作方法上务必引起重视。"

众人频频点头称是。不一会儿，玄宗皇帝封禅御宴上所用的食材便凑了个大概，主要有骆驼、鲍鱼、鲥鱼、熊、飞龙鸟、猴头蘑、鹿、岩羊、乌鱼蛋等三十余种，其余当地珍馐、名贵特产应有尽有。

郎中格外嘱咐道："此次随行人员众多，除朝中重要大臣之外，契丹首领和大食、日本、新罗等周边国家的国王及使者也会跟随皇上上泰山，要注意他们的饮食禁忌，在食材的准备上务必保证别出差错。"众人齐声答应。

食材既定，食单便随即拟出，计有茶茗两道，干鲜果品、蜜饯、拼盘等凉菜八道三十二种，再加上热菜、点心等，总计近百道菜肴。眼看着大半日已经过去，郎中伸了个懒腰，说道："时候不早了，我们也商议得差不多了。先把食材和食单拟出来，再把随行的御厨选好，其余的事情，我们再慢慢安排。"于是众人躬身退出，按照各自的职责分工，开始了忙碌的准备工作。

封禅御宴一直流传到今天，成为泰山的特色名吃，并入选山东省非物质文化遗产目录。

11. 肥桃的传说

泰山脚下的王母娘娘蟠桃盛会

在肥城西尚里村的桃园里，有一棵古老的桃树，因为年代过于久远，谁也说不清是什么时候种下的。传说这是当年王母娘娘蟠桃会时丢下的仙桃长成的。

那时候肥城白云山下有一户姓王的人家，一对年迈的老夫妇与独子相依为命。王老汉喜欢桃树，就在房前屋后、地头坡下都种满了桃树。每年春天桃花盛开的时候，中秋前后桃子成熟的时候，王老汉就坐在桃树下，抽着烟袋，望着满眼的桃花、桃子，脸上挂着满足的微笑。虽然三个人的生活很清贫，房屋也又小又破，但一家人还是觉得很幸福。

有一年肥城大旱，连着几个月滴雨未下，河沟里干得见了底，地里的庄稼颗粒无收，王老汉种的桃树也一棵棵地枯萎、死去。家里断了炊，王老汉日日忧虑，终于支撑不住，一病不起，丢下了老妻幼子撒手而去。

王老汉死后，家里的日子更加拮据，王老婆婆也因为缺衣少食忧虑成疾。儿子把家里能卖的东西都变卖了买药，但仍有一味药怎么也找不到。儿子焦急地问大夫："如果这味药实在找不到，可还有其他药物能够替代吗？"大夫说："有。如果这味药实在找不到，你腿上的肉可以替代。你可愿意割肉救母？"儿子听了以后二话没说回到家中，拿起菜刀就从腿上割下了一块肉，与其他药一起煎好了给母亲喝下，母亲的病果然有了起色，慢慢地就好了。

小王割肉救母的事被正准备参加蟠桃会的七仙女看到了，她将此事禀告了王母，并请求王母降福人间，化解这场灾祸。王母娘娘听后也很感动，便把蟠桃会上最大最好的一只蟠桃投到了王老汉的桃园中。后来，这只蟠桃落下的地方长出了一株桃树，结的果子个大、味甜，品质明显优于其他树上结的桃子。人们啧啧称奇，说这是王母娘娘蟠桃盛会上的仙品，吃了能够延年益寿。

有了这棵仙桃树，王家的日子慢慢好了起来。为了帮助其他穷苦的百姓，小王把仙桃的桃枝与本地桃树进行了嫁接。从此以后，仙桃树就在这片土地上繁衍开来，一片一片铺满了百里山坡，结出的果子成了甜美可口的肥城大桃，而这里也渐渐成了驰名中外的肥桃之乡。

肥桃（张政摄）

12. 梁氏正骨

技艺高超不留痕

清雍正末年，肥城市安驾庄的梁增生来到一家药铺当学徒。他聪慧好学，很快便得到了药铺掌柜的赏识，掌柜把自己的中医诊疗技术倾囊而授。

有一天，两个人扶着一位二十出头的小伙子到药铺来看腿伤。一问才知道，小伙子靠打零工为生，是家里的顶梁柱，这天在盖房子时不小心从房顶摔下来，腿疼得站不起来。送他来的中年人紧紧攥住药铺掌柜的手不放，说："请先生一定要救救他，治好他的腿，他家里可都指望着他一个人讨生活呢。"小伙子疼得脸上变了颜色，却咬紧牙关一声不吭。

药铺掌柜仔细为年轻人治疗完毕，却看着他们离去的背影叹息着说道："好好的一个小伙子，恐怕这腿是再也好不了了。"

梁增生忙问缘由。掌柜说道："他的腿虽然从外表上来看没什么伤痕，但实际上他腿骨断裂不止一处，且断口不齐，拼接难上加难，以我的医术，也只能治到这种程度了。"

过了一段时间，梁增生外出办事，在一个胡同口再次见到了那个小伙子，只见他骨瘦如柴，挂着拐杖倚在胡同口，眼睛里已经没有了初见时的光彩。

那个时代医学尚不发达，许多骨伤患者都像这个小伙子一样，因为得不到有效的治疗而落下残疾。梁增生心里很不是滋味，此后他开始专心学习中医的正骨手法，并结合自己的行医经验创立了梁氏正骨疗法，从而成为当地的正骨名医。

梁增生为人忠厚，十分重视医德，对待患者不论贫富贵贱均一视同仁，在当地口碑极好，这种家风也一直传承了下来。梁氏正骨疗法也在一代代传承中不断地发展和完善。

到了梁氏正骨第四代传人梁桂荣时，已是清朝末期。这一天，梁桂荣收治了一位车夫，他因马惊而被车轮从大腿处辗过，去了几家药铺均说没办法治好。车夫家人抱着最后一线希望来到安驾庄，找到了梁桂荣。只见梁桂荣握住患者骨折的部位，轻轻拉伸几下，接着迅速把分离错落的断骨复接对位，然后用杉树皮固护小夹板把伤处固定，涂抹上梁氏特制的膏药，拍拍手说："好了。我再给你开几服药，按我的方法，内服汤药，外敷膏药，包你一个月即可下地，三个月内恢复正常行走。"

车夫一家拿了药，将信将疑地离开了。三个月后，这家人再次来到安驾庄，敲锣打鼓地将一块牌匾送到了梁桂荣手中，手捧牌匾健步而来的，正是那个被轧坏了腿的车夫。从此以后，梁氏正骨的名声更是广为传播，大江南北不乏骨伤患者前来求治。据说北洋政府总理段祺瑞受骨伤，就曾邀请梁桂荣进京，专门为他治疗，可见当时人们对梁氏正骨疗法的认可。

新中国成立以后，梁氏正骨的第五代传人梁萌铣把祖传的膏药秘方献给了国家，让梁氏正骨法继续造福人民。1976年唐山大地震后，第六代传人梁鸿彬一天接诊医治了三十二位在震灾中受伤的患者，创造了治疗骨伤的奇迹。

13. 宁阳木偶戏

独具特色江北称第一

再过几天就是元宵节了，岱庙里的东岳庙会正办得热闹。天南海北的香客早在年三十就来到了泰安城，各地的杂耍艺人也在庙会上争相拿出自己的绝活。

"跟随师父去西天，路途艰险步步难。正行走只觉得天气变，热得老猪心里烦。"一阵沙哑粗犷的歌声传来，吸引了孙方振父子的注意力。

孙方振是宁阳赵家塘人，平时酷爱木偶艺术，凡庙会必去，到了庙会必看木偶戏，不但看，手里还跟着木偶艺人的手势比画。时间长了，他便萌生了要拜师专门去学木偶戏的想法。受他的熏陶，几个孩子也从小就喜欢木偶戏。

今天在庙会上演出的是来自河北吴桥的一位老艺人，小小的木偶在他的手中仿佛有了生命，猪八戒肥头大耳、可爱又笨拙的形象引得围观群众发出了一阵阵笑声。

孙方振父子看得如醉如痴，直到演出结束，观众散去，他们仍舍不得离开。看到老艺人开始收拾东西，孙方振赶忙跑过去拉住他就要拜师。

宁阳木偶戏（杨红摄）

　　老艺人走南闯北跑了一辈子，原打算在今年的东岳庙会上演完最后一场就回老家养老，不再到处奔波挣那个辛苦钱了。看到孙方振拜师的意愿真诚又强烈，他也是喜出望外，于是收下了这个关门弟子。从此，老艺人就在孙家住了下来，把自己一生积累的木偶戏的技艺毫无保留地传给了孙方振和他的四个儿子。

　　老艺人带来的木偶是用香面捏制的，造型比较粗糙，孙方振早就想对其进行改良了。这下子学到了木偶的制作方法，他就和孩子们一起，把制作木偶的原料由香面改成了木头。然后在木偶上面画上浓黑的眉毛，大大的眼睛，让木偶的形象更加夸张逼真，而且嘴、眼、耳朵、舌头、胡须都能活动。他们还

153

把唱腔改成了山东梆子调，又拉来同样喜欢木偶戏的乡邻一起组成了小乐队。这样一来，宁阳木偶戏就诞生了。有一次，孙家木偶戏团受邀到曲阜孔家表演时，衍圣公孔令贻看到兴头上，也要亲自表演一个小角色，结果要刀的时候失了手，把刀给扔到了二楼上。

经过孙家几代人的传承和发展，宁阳木偶戏的名气越来越大，有了"江北第一木偶"的美誉。宁阳木偶戏配备齐全，由木偶、操纵演员、配音演员和乐队共同组成，演出的剧目丰富多彩，唱腔也是种类繁多，不但有山东梆子，还有京剧、吕剧、豫剧等，经过一百三十多年的传承，至今仍经久不衰。

（四）节庆民俗

1. 宁阳斗蟋蟀

打遍天下无敌手

刚刚入秋的天气，清晨一片凉爽，宁阳泗店镇的街道上已经是人头攒动，熙熙攘攘。一张张红棕色的木桌沿街排开，桌上放着一摞摞各式各样的小罐，摊主本人则端坐在木桌后的马扎上，气定神闲地看着桌前挑挑拣拣的买家。

这里是泗店镇的蟋蟀交易市场。几位外地买家正聚在一张桌子前小声地议论着："买这只准没错。你看它的眼睛，又黑又亮，眼睛位置靠前，大而突出，头顶发亮，大腿浑圆粗壮，这是只将才级的蟋蟀。""这只，这只更好。这只是蟹壳青，听我的准没错。"

摊主正端着一只小紫砂壶喝茶，听了这话，抬眼看看面前的顾客，说道："一听您就是行家啊。咱宁阳的蟋蟀那可是大大地有名，号称'宁阳蟋蟀霸五洲'，又叫'天下第一虫'。宁阳蟋蟀历来是皇宫贡品，因为什么呢？个头大、性情烈、弹跳强、凶狠善斗。刚才您说的蟹壳青就是蟋蟀中的上品，您挑了这只去，准能打遍天下无敌手。"说完把装蟋蟀的陶土小罐举到顾客的面前。透过玻璃盖子，可以看见一只纯青的斗蟋正在罐子里快速地转着圈。

摊主继续介绍道："斗蟋蟀在唐朝就有了，明朝最是盛行。宣德皇帝为什么被后世称为'蛐蛐皇帝'？就因为他最大的嗜好是玩蟋蟀。您看过《聊斋志异》吗？里面的《促织》写的就是咱宁阳的蟋蟀。咱小时候有部动画片叫《济公斗蟋蟀》，讲的也是咱宁阳的蟋蟀。"说到高兴之处，摊主忍不住打开了话匣子："宁阳蟋蟀有 6 大类 260 多个品种，除了您刚才说的蟹壳青，还有青麻头、铁头青背、黑头金赤、紫黄等，都是载入过古谱的名品。《功虫录》里曾记载过，宁阳的斗蟋黄麻头打败了上海的梅花翅，赐宫花披红在皇宫里巡游，献蟋蟀的这个叫朱钲的人，还被赏了一百两黄金，风光极了。"

围在这张桌旁的人越来越多，小小的虫子居然还有这么多的故事，大家听得入了迷。摊主更是滔滔不绝起来："从光绪二十一年（1895）到 1940 年，全国的蟋蟀悍将一共 26 个，

宁阳斗蟋（刘德强摄）

其中宁阳就有9个。1989年，上海斗蟋界的元老火光汉先生从宁阳收的斗蟋紫黄打了8场，8场全胜。1992年，上海队与天津队举行斗蟋蟀比赛，上海队出场的全是从宁阳收过去的蟋蟀，结果怎么样？打了个天津10∶0。"人群中发出轻轻的哄笑声。

"知道为什么宁阳的蟋蟀好吗？首先咱的土好。宁阳的土属于钙质褐土，酸碱适度。而且宁阳这个地方土地肥沃，五谷齐全，食料众多，蟋蟀不缺营养。再一个宁阳的气候好，地下水资源丰富，湿度相当。咱这个地方，北依东岳泰山，南接孔子故里，西望水泊梁山，东靠神童山，人杰地灵，产的蟋蟀能不好吗？"

摊主的这番话说下来，围观的人频频点头，纷纷拿起桌上的小罐打量起来。几位买家赶紧护住那只盛有蟹壳青的小罐，一手拉住摊主，悄悄地商量起价格来。

2. 东平粥

一碗粥救下母亲命

东平戴村坝附近有一个小村庄，里面住着一个叫张业的人。张业家境贫寒，与年迈多病的母亲相依为命。虽然他每日里起早贪黑地下湖，但捕鱼捞虾卖得的钱刚刚够维持温饱，很难再有多余的钱给母亲治病，眼看着母亲的身体一天一天衰弱下去，张业的心里非常难过。他想尽办法给母亲请医买药，可母亲的病仍然不见起色，渐渐地连床也下不来了，每日只能靠喝点稀粥维持生命。

为了给母亲治病，家里早已是一贫如洗，再也找不出可以变卖的东西了。张业一个大小伙子，背地里不知偷偷哭了多少次。

这一天，他照例一大早就来到湖边捕鱼，连撒了几网，却没捕上几条鱼来。他攥着网绳坐在湖边发愁，不知不觉竟然睡了过去。睡梦中，龙王来到他身边，对他说道："这片湖里有无穷的宝藏，你为什么还要为母亲的病发愁呢？我给你一个熬粥的方子，你照我说的去做，你母亲的身体很快就能好起来。"

龙王告诉他，把东平湖的莲子、芡实、菱米再加上黄豆、大米和小米等粮食，用石磨分别磨成糊状，然后用细箩过滤去渣，先把豆浆煮好，把豆沫撇出后再倒入各种糊糊一起熬制，这样熬出来的粥让他母亲每天喝几碗，老人家很快就可以恢复健康了。

张业醒来后，想起梦中之事，赶快跑回家，按龙王说的法子熬了粥每天喂给母亲喝。在他的细心照顾下，母亲的身体果然一天天好了起来，不久就能自己下床，做些简单的家务了。

邻居们看到张业母亲的变化都非常惊讶，纷纷向张业请教从哪里找来的灵丹妙药，家中有病号的更是带着礼物来向张业讨教。张业见乡邻为家人安康而求教，便把龙王所教熬粥之法和盘托出。说来也怪，凡是喝了用这种法子熬制的杂粮粥的人，身体无不康健起来，于是这种特殊的熬粥法子就在东平府流传开来。因为莲子、菱米、芡实都是东平湖的特产，张业又是在东平湖边得到的熬粥之法，人们就把这种粥叫作"东平粥"。

3. 天贶节

与宋真宗封禅有关的传统节日

北宋东京开封，宋真宗正在皇宫内来回踱步，心中酝酿着一个恢宏的政治规划。因为自己并非太祖赵匡胤的嫡出，朝野上下，对于自己的统治地位颇有争议。同时，刚刚签订不久的澶渊之盟，让他在文武百官面前威望受损。所以现在急需一件能够夯实自己统治地位的事情，来稳定政治局面。

他苦思冥想，想到了前代帝王用来向上天表达政治功绩、展示君权神授的仪式——封禅大典。可是，前往泰山举行封禅大典，必须是取得重大历史功绩、推动重大历史进程的皇帝才有资格。而自己上位不久，政绩平平，况且还刚刚与辽国签订了澶渊之盟，若是贸然提出封禅，朝臣恐怕会反对。宋真宗召见大臣王钦若，一起商讨对策。王钦若说："倘若天降祥瑞，示意皇上前往泰山封禅，那就是上天的旨意啊，保准无人反对！"宋真宗听后觉得是个可取的意见，于是问道："那如何让天降祥瑞被世人所知呢？"王钦若答："如果上天能降下天书的话，那就太好了。"宋真宗听完没有回话，但心里已有了初步的计划。

景德五年（1008）正月，正在上朝的宋真宗收到报告："启禀皇上，承德门楼角挂着一缕黄帛，像是天上降下来的帛书。"宋真宗听后，连忙让报告人去把天书取下来，自己则对大臣们说："去年腊月的时候，有一天晚上，朕正在睡觉，床前突然亮了起来，朕睁开眼睛一看，原来有一个金光闪闪的仙人立在床前。仙人告诉朕，明年的正月，将会有天书降临。看来仙人所言不虚呀，真的降下天书来了。"说完，宋真宗带领着群臣前往朝元殿迎接天书。随后，宋真宗下诏改当年为"大中祥符元年"。

四月，天书又降到了大内功德阁。这次天书降下后，宋真宗宣布于大中祥符元年（1008）十月封禅泰山。接着，派遣王钦若作为封禅先行使前往泰山，做封禅的准备工作。

王钦若到了泰山以后，走访了泰山上下的各处古迹，并主持盘道整修、古迹维护等多项工程。有一天，泰山脚下有一位农民在自家地里干农活，刨着刨着，刨出一堆铜钱，这让他兴奋不已。继续深挖，结果有泉水自地下涌出，场面颇为壮观。王钦若得知后，立即前往这里，在泉水之上修建亭子保护起来。

几天后的六月六日，在泉水涌出的地方，竟然再次降下了天书。王钦若迅速赶到现场，并把这件事上报朝廷。真宗得知天书再次降临后，下令在天书降临的地方创建天贶殿，用来供奉天书。"贶"字就是赐予的意思，而"天贶"便是上天的恩赐，用以答谢上天的旨意。

借着上天三次降下天书，宋真宗率大队人马奉天书到泰山封禅。为了纪念泰山封禅圆满成功，大中祥符四年（1011）五月八日，宋真宗下诏，定天书降在泰山的六月六日为天贶节。

后来又规定，这一天全国上下放假，各地禁止屠宰，以示庆祝。

整个宋朝，天贶节都是国家法定节日。宋代之后，天贶节逐渐成为一个民俗节日，人们会在这一天举行各种民俗活动。

4. 宁阳四八席

待客的最高礼遇

立春刚过，张家女主人一大早就开始忙碌起来。今天是亲家第一次登门，他们打算摆一桌宁阳四八席来招待贵客。她一边收拾鸡、鱼，一边指挥两个女儿择菜、洗菜、打扫庭院。

两个女儿也十分兴奋。她们长这么大了，只在很小的时候吃过一次四八席，那鲜美的滋味、花样繁多的菜品一直留在记忆里，这么多年了，家里却是再也没做过。二女儿一边切着猪耳朵一边问道："娘，什么是四八席啊？"

张氏麻利地清理完鸡的内脏，又开始上手收拾鲤鱼。听了女儿的问话，便说道："咱宁阳四八席可有年头了，听你姥爷讲，已经有上千年的历史了。唐朝的时候，这四八席可就是达官贵人宴客的标准菜，一直流传到现在，也只有在招待贵客的时候才会做这么一桌，可以说是我们宁阳招待客人的最高规格了。这四八席摆上桌的时候得有四个菜碟、八个果碟、四个小碗、八个大碗、一盘烧卖、一盘米饭、一盘点心、一碗汤，再加上两个大件，以荤菜为主，这叫四八两大件。而且这四八席分为粉四八和参四八，咱家今天做的就是参四八。你瞧——"张氏朝着海碗里已经泡发好的海参努了努嘴，"今天的头菜就用海参做。"

"娘,这鸡收拾完了,你打算怎么做?"小女儿打扫完庭院,刚走进门,也接着发问。"这得用笼屉蒸。先把鸡煮熟,撕成丝,放到专门的碗里整出形状,再加上汤料,放到箅子上蒸一个小时左右,取出以后再反扣到大碗里。这样做出来的蒸鸡,形状还是蒸前的形状,口味却非常香酥软嫩。"张氏的父亲原来在县城的大饭店里做主厨,因此张氏说起四八席来也是如数家珍。

做四八席的汤也非常讲究,用肥鸡、肥鸭、猪肘子等为主料,经过沸煮、微煮,让鲜味溶于汤中。中间还要经过两次"清俏",让汤里的浮物聚集在"俏料"上。这样做的目的,一是澄清汤汁,增加汤的鲜味,二是用葱香调味,起到顺气解腻的作用。

几个人在厨房里叽叽喳喳说个不停。男主人在正房里已经摆好了桌椅。四八宴席对座次排列十分重视。这是一座典型的北方四合院式建筑,坐北朝南,北屋是正房。正房里摆着八仙桌,今天宴客的席位也设在这里。按当地的规矩,坐北朝南的位子最为尊贵,因为正对着屋门。八仙桌一般情况下坐八个人,朝南有两个座位,在这两个座位的安排上,以东为上首,西为下首,其他方位以朝西、朝东座次依次类推,最后是朝北。为了表示对今天贵客的重视,男主人特地请来了家族里德高望重的长辈来做主陪,而他,今天就坐在"把席口"的位置上,也就是朝北的位置上,负责倒酒、接菜和劝酒。

厨房里香气四溢,两个女儿依次端出了四咸八甜十二个压桌碟放到八仙桌上。时间差不多了，张氏掸掸衣角，准备跟着丈夫一起到门口去迎接客人。

5. 旧县爬桥节

走桥祛百病

大汶河横亘在泰山至徂徕山之间，南北两岸往来不便，百姓想出了各种办法渡河。汶河水大的时候，百姓就用船、瓮渡河；汶河水小的时候，就在沙洲上铺上木板当桥。旧县村南门外就是汶河两岸往来的一个地方，到了汶河缺水期，两岸村民合力整修沙洲，铺设木板，架起小桥，方便往来通行。

相传旧县村有一位村民，因为有腿疾，走路晃晃悠悠的，平时从来不敢打这小木桥上过河。有一年，他有急事要到对岸，但是村里又找不到合适的人替他去，于是情急之下，自己蹒跚着到了小桥。望着又长又窄的小桥，他不知所措，由于走路不稳，不敢贸然上桥。犹豫一番后，他想到一个办法：既然走不稳，不如干脆爬着过去。打定主意后，他慢慢地爬上了小桥，虽然爬得有些慢，但最后他还是成功过桥了。

办完事，他要回村，还得过小桥，没办法，他又爬着回来了。没想到的是，这两趟爬着过桥，让他的身体发生了变化，他觉得自己的腿脚好像利索了一些，走路也没有之前那么摇晃了。他找到大夫，问道："大夫，不知道怎么回事，我最近觉得腿脚利索了一些呢。您给看看这是什么情况啊？"大夫一边检查一边问道："你是吃了什么药吗？还是做什么按摩了？"

他想了想，最近除了来回爬着过小木桥之外，并没有发生什么特别的事。于是，他把过桥的事跟大夫说了。大夫也觉得很神奇，就建议他经常去爬爬桥，看看效果怎么样。于是，他就隔三岔五去小桥上爬一爬。一开始，村民见他在桥上爬，都笑话他，有些小孩还模仿他。

爬了两三个月之后，神奇的事情发生了。这位村民的腿脚真的变好了很多，他走路不再摇晃，看起来竟然跟正常人一样了，甚至过小桥的时候也能站着走很长一段距离了。他高兴得哈哈大笑，没想到爬桥真的让他可以重新正常走路了！

这件事很快传了开来，人们觉得爬桥可以强身健体，祛除疾病，于是很多年纪大、腿脚不便的村民纷纷效仿，来到小桥上爬桥。不少村民爬完桥也都感觉腿脚和身体利索了不少。一传十，十传百，周围的村民听说了这件事，也都来体验一下爬桥的感觉。渐渐地，人来得越来越多，有人甚至在桥头空地上摆起了摊，形成了一个规模不小的集市。

再后来，人们渐渐形成每年正月十六都来爬桥、赶集的习俗，正月十六这一天也被当地百姓称为"爬桥节"。

6. 重阳节

登虎山祈福

自古重阳节就有登高、赏菊、饮酒的习俗，寄托着人们祈求平安健康的美好愿望。但在泰安，老人们有重阳节登虎山拜眼光殿的习惯。这里面还有个故事呢。

相传清雍正八年（1730），泰安城内眼病肆虐，人们用了各种治疗方法，有的在家中烧艾蒿驱病，有的用草药膏敷在眼睛上面，还有的用针灸的方法治疗。可是无论哪种方法，效果都不明显，有的甚至因为没有得到有效的诊治而双目失明，引起了极大的恐慌。一时间泰安城内寂静无声，所有人都不敢出门，生怕染上眼病。

就在这时，一位老妇人说道："前明时期，虎山顶上有一座眼光娘娘殿，前些年打仗打没了，咱泰安城百姓的眼睛就没人保护了。"有人问道："大娘，您说的是真的吗？"老妇人回答："泰山女神有一个分身是眼光娘娘，她是专门保护人的眼睛的。万历皇帝的母亲也得了眼疾，宫廷御医都没治好，万历皇帝派人来泰山祈福，回去之后，皇太后的眼睛就慢慢好了。万历皇帝还为此出钱重修了碧霞祠呢。从那之后，大家都开始供奉眼光娘娘了。而且，虎山上还有专门治疗眼病的搽光石和磨光草，说不定能治疗这次眼病呢。"

大家听老人家说得有头有尾，就想抱着试试看的心思去虎山找她说的搽光石和磨光草。有人问："老人家，搽光石和磨光草长得什么样呢？我们去找来试试。"老妇人答："看到山顶有块平地没？地上散落着一些石柱础，这就是前明眼光殿的构件，用它当作搽光石才行。磨光草则是生长在搽光石周边的一种小草。"

有人自告奋勇前往虎山去寻找搽光石和磨光草，找到之后，将这两样物品带回山下，用搽光石研磨磨光草，研成粉末，和好敷在眼睛上，过了七天左右，眼疾慢慢有了好转。消息传开后，人们争相前往虎山拔磨光草、找搽光石。一时间，虎山的草也拔光了，眼光殿的石料也拿没了。

人们的眼疾治好后，又集资在虎山顶上修建了眼光庙。后来，眼光殿多次得到重修。后来，人们在重阳节这天纷纷登上虎山，到眼光殿为家人祈福。这一活动一直延续下来，成为泰安人重阳节登高的习俗之一。

7. 端午节送彩粽

不能吃的粽子

乾隆皇帝喜欢游山玩水，曾经先后十三次来到泰山，六次登上岱顶，创下了历代帝王朝拜泰山的最高纪录。他在南巡途中，观风景、尝美食、留题刻，在民间留下了无数的故事，其中就有一个与宁阳有关。

有一年，乾隆皇帝到泰山朝拜，经过宁阳县的时候天色已晚，整支队伍就在宁阳住了下来。皇帝自然有专门的驻跸之处，随行的重要大臣、宫里的大太监也都有单独的住所安置，其他的小随从、小宫女、小太监们可就没有这么好的待遇了，他们只能就近安置到各户村民的家中居住。

这支队伍中有一位年轻的宫女，从小跟着宫中的老嬷嬷学了一手编织的绝活，她会拿各种各样的丝线编出栩栩如生的动物、植物。当然，平时她最常编的，还是一种菱形的香囊，里面包着香附、艾叶、白芷等香料，外面用红的绿的紫的黄的各色丝线缠出漂亮的图案。每年端午节，宫里的娘娘都会让她编出好多香囊在各宫里互相馈赠。送给身份尊贵的娘娘的香囊，还会用金线银线来编织。

小宫女住的这家是个普通的农户，家里只有年轻的父母和一个未成年的女儿。女主人王氏在家里操持家务，她也是个心灵手巧的人，一家三口的衣服都由她亲手缝制。她看到小宫女拿着彩色的丝线绕来绕去，不由得也来了兴趣，便凑过去问道："姑娘，你编的这是什么？"

小宫女笑嘻嘻地举起手中的香囊说道："这是香囊，宫里的娘娘们可喜欢了。我每年都要编好多个，端午节的时候，除了孝敬上面的主子，姐妹们之间也互相赠送。"

"多漂亮啊！这东西难学吗？能教教俺吗？俺想给俺闺女也编一个。"王氏怯生生地问道。

小宫女一口答应下来，两个女人就在昏暗的油灯旁有说有笑地忙了一个晚上。第二天，小宫女跟随上山的队伍离开了宁阳，可这编香囊的技术却留了下来，并由王氏发扬光大。在王氏的巧手下，香囊不仅有菱形，还有三角形、花瓣形等不同的形状，并随着时代的发展被赋予了各种吉祥的含义。因为形状与粽子相似，又是从宁阳传播开的，所以得了个"宁阳彩粽"的名字。

宁阳彩粽样品（薛兴强摄）

从那以后，每到端午节，宁阳家家户户互送彩粽，有的把它挂在门口，有的把它系在孩子身上，寓意平安吉祥。

8. 泰山玉

登泰山食玉英

"上太山，见神人，食玉英，饮澧泉"，这是汉代铜镜上的铭文。登上泰山，见到神仙，食泰山玉英，饮泰山澧泉，成为秦汉以来得道成仙的美梦。

这个梦，秦始皇做过，汉武帝做过，他们渴望在泰山见到神仙，能够长生久视，但好像他们忘记吃泰山玉英的事了。到了曹魏时，曹植来到泰山，实现了食泰山玉英的梦想。

东汉建安二十五年（220）正月，曹操病逝，二月，曹丕就接过父亲的魏王之位和丞相之职。为了排除各位弟兄的威胁，他下令众兄弟即刻离开邺城，在自己的封地就国。二十九岁的曹植也只得仓促出京。可是，第二年曹植就被曹丕削去爵位，贬为平民，流放回封国临淄。这还没完，不久曹植又被召回京师洛阳治罪，幸亏有母亲暗中保护，才大难不死，再次被斥，灰溜溜地离京东去。

早期的曹植锦衣玉食，意气风发，嬉笑怒骂，调笑神仙方术"为虚妄甚矣哉"，是何等风光。短短一年多时间，坠入底层，性命难保，又是何等凄惨。一路上曹植如丧家之犬，惶惶不可终日，产生了无限的感慨。

"驱车挥驽马，东到奉高城"，人疲马乏，终于来到泰山脚下。走下车来，远望泰山，凄凉的心境突然为之一转："世间如此不堪，何不超脱世俗，得道而为仙？"

"上太山，见神人，食玉英，饮澧泉"，回响在曹植心中。面对此情此景，曹植不觉吟咏道："神哉彼泰山，五岳专其名。隆高贯云霓，嵯峨出太清。周流二六候，间置十二亭。上有涌醴泉，玉石扬华英。东北望吴野，西眺观日精。魂神所系属，逝者感斯征。王者以归天，效厥元功成。……封者七十帝，轩皇元独灵。餐霞漱沆瀣，毛羽被身形。发举蹈虚廓，径庭升窈冥。同寿东父年，旷代永长生。"

徘徊于泰山之下，曹植似乎进入仙境，久久不愿离去，忍不住发出"我本泰山人"的感叹。登泰山，食玉英，在曹植这里又一次成为超脱世俗的梦想。

登泰山，食玉英，不仅是世人心中的梦想，泰山玉还进一步成为人们口中延年益寿的良药。汉代《神农本草经》就说，紫石英"味甘温"，生在泰山山谷中，长期服用可以"温中轻身延年"。曹魏人吴普的《吴氏本草》中说，紫石英生在泰山或会稽，而白石英只生在泰山，长期服用可以"通日月光"。刘宋时伍缉之的《从征记》称，从太岘到泰山都产紫石英，但泰山所产紫石英"特复瑰殊"。

泰山石英成为人们赞美的瑰宝。看看历代《本草》之类的书籍，都把泰山石英宝贝得不行。

9.天街招牌

独具特色的实物招牌

在泰山之巅,有一条街市,它的名字叫"天街"。在这条从南天门到碧霞祠约一公里长的天街上,各种店铺鳞次栉比。从泰山上有香客来朝拜开始,这些店铺就陆陆续续开了起来。

在山上开店的多是贫苦的山民,还有一些拖家带口来到泰山谋生计的外乡人,他们没上过学,也不识字。最开始只有几家店铺,大家就以掌柜的姓氏来命名,比如老张家、老李家、老钱家,店铺少,倒也相安无事。随着泰山的盛名播于天下,来泰山的游人、香客越来越多,天街上的香客店也越来越多了。为了招揽生意,各店铺都会派出伙计到街上去拉客,可是店铺又没个招牌,外地香客分不清谁是谁,就是回头客也经常会有找错店铺的时候。时间一长,各店铺之间开始有了矛盾,生意也受到了影响。

为了解决这个问题,香客店的掌柜们聚到了一起商量办法。有的说:"大家伙集资,请个秀才给每家店写个招牌,以后就不会乱了。"这个提议立刻遭到了大多数人的反对:"咱不识字,上山烧香的也不识字,写了招牌有什么用?"正闹哄哄吵得不可开交的时候,有个小伙计看到柜台上放着的一个葫芦,立刻有了主意,上前抓起葫芦来高声喊道:"我有个主意。咱们每个店里都有一些别家没有的物件,挂到店门口,不认字的也总能认识这些物件,这不就是店里的招牌吗?"众人眼睛一亮,觉得是个好办法，纷纷插言道："俺家有个笊篱，这就是俺的招牌了。""俺家有棒槌，你们别跟俺抢，俺店就用它了。"……大家七嘴八舌，很快就敲定了各店的招牌。

回去以后，各家店铺就把自家的标志物或摆或挂放到了门外，讲究些的，还会在这些物件外面厚厚地涂上一层漆，既醒目又能起到保护作用。这些物件就渐渐形成了泰山上独特的店铺招牌。后来，天街上又陆续开张了鹦鹉店、双升店、金钟店等。虽然香客店不断增多，但香客们再也不会认错店门。

如今，天街上的店铺招牌早就被各式书法招牌所取代，留存下来的实物招牌也被请进了博物馆，成为那个时代的特殊标志。

三

传说泰安

在泰安几千年的历史流变中，生于斯长于斯的劳动人民用自己的智慧创造了瑰丽多姿的神话故事、风物传说和民间故事。这些故事一代代流传下来，它们是远古先民们表达内心渴望、寄托精神追求、劝人向善疾恶的方式之一；它们是劳动人民创作的结晶，绽放着绚丽的光彩，充满了奇妙的想象，体现了浓郁的地方特色。泰安传说故事生动地反映了自古以来民众的生活，表现了劳动人民朴素的思想和聪明才智。

（一）神话传说

1. 后石坞

玉女修真黄花洞

后石坞位于泰山玉皇顶以北的天空山下，是泰山景区内最为幽绝的地方之一。后石坞以原生态的自然风貌而著名，这里古松繁茂，山石嶙峋，自古就被称作"岱阴第一洞天"。传说泰山女神碧霞元君，就是在后石坞黄花洞经过苦修得道成仙的。后人为了表示纪念，在后石坞建起了元君庙。

相传碧霞元君是汉明帝时期西牛国孙宁府奉符县人，父亲是一位好善之士，名叫石守道，母亲金氏。碧霞元君出生于四月十八日，父亲为她起名玉叶。石玉叶自小就与众不同，她生得相貌端正，聪慧灵透，时时有超乎常人的表现。她在三岁的时候，就明白了人伦道理；七岁的时候，开始通晓诸法，常常向西天王母顶礼膜拜。十四岁的时候，石玉叶感受到西天王母的召唤，要到泰山里修炼，但是苦于不知走哪条路，入哪座山，而一直不能成行。后来，石玉叶得到了曹仙长的指点，来到泰山后石坞的天空山，住进一个山洞，开始修炼。石玉叶选择的山洞，自然条件非常好。洞外长着大片的黄花菜，所以后人称此洞为"黄花洞"，又叫"黄华洞"。山洞内有一眼山泉，名

173

叫"灵异泉"。石玉叶在这里，饿了吃黄花菜，渴了饮山泉，两耳不闻世间俗事，一心专注仙道修行。

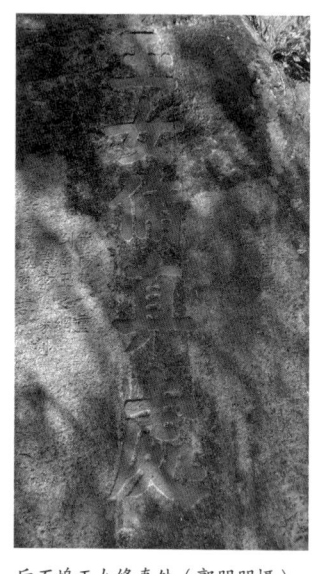
后石坞玉女修真处（郭朋朋摄）

俗话说神山必有灵兽，和很多神话传说一样，石玉叶每日苦修，引来山中一只白色猿猴的关注。白猿很有灵性，看到石玉叶用功修炼，就静静地在一旁守护；到了石玉叶休息的时候，就献上采来的野果灵草，让石玉叶食用。时间久了，一人一猿竟然如同主仆一般，结下了深厚的感情。有了白猿的帮助，石玉叶几乎把全部的时间都用来修炼，日益精进，终于在三年之后，功德圆满，得道成仙。陪伴她的白猿也因此悟道飞升，常伴石玉叶左右。

因为石玉叶是坤道成仙，道教中往往把女仙人尊称为"元君"，又因石玉叶穿的衣服是红袄绿裤，于是，人们把得道成仙后的石玉叶，尊称为"天仙玉女碧霞元君"。在民间，百姓们都把碧霞元君当作自己家中最尊敬的女性长辈看待，把她称为"泰山娘娘"或"泰山老奶奶"。

后石坞元君庙的西院有黄花洞，东院还有一座莲花洞，里面也有一眼山泉，至今仍然泉水不断。在元君庙东的花果园内，建有元君墓和白猿墓，相传碧霞元君和白猿成仙后的凡身肉体就葬在这里。很多游人到此感叹，这只白猿真是忠诚，它对主人彻底做到了生相从，死相随。

2. 中天门伏虎庙

碧霞元君驱二虎

传说碧霞元君得道成仙之前，只是人间的一位民女，名叫玉叶。相传玉叶生在西牛国孙宁府奉符县善士石守道家，母亲是金氏。玉叶生来相貌端庄、性情聪颖，三岁时便懂人伦之理，七岁时便能闻道悟法，到了十四岁时，忽然感受到西王母教诲，潜心修炼，后来在曹仙长指点下，到泰山后石坞黄花洞修炼，经过三年的修炼得以成仙，得称号为"碧霞元君"。

玉叶前往泰山后石坞，必须从山前登山盘道上爬到山顶再绕到山后，这条路必经之地就是中天门。可是，中天门一带，有老虎出没，百姓都不敢在这里逗留。她一个女子独自上山，其中风险可想而知。但是什么艰难险阻都动摇不了她进山修炼的决心。玉叶独自一人带着轻便的包袱就往泰山出发了。果不其然，等她来到中天门，就发现了老虎的影子。只见中天门平台上趴着两只老虎，本来眯着眼晒太阳的老虎，听见有人来了，缓缓抬起头来，看向气喘吁吁的玉叶。

两只老虎似乎是吃饱了懒得动弹，既没有跳起来扑向玉叶，也没有爬起来离开。玉叶觉着老虎没有要伤害她的意思，就往边上绕了一下准备继续上山，可是这两只老虎却跟着站起来走到她前边，挡住了她的去路。无奈玉叶又往另一个方向绕行，说来也怪，两只老虎又折回来跑到她前边，把她的去路又给堵住了。玉叶再换方向，老虎跟着换方向。无论玉叶走到哪里，老虎都提前走在头里挡道。玉叶心里纳闷："这两只老虎挡着我的路，既不伤害我也不让我走，是要做什么呢？"这时玉叶脑海中灵光一闪，意识到老虎是对她有所求。于是，玉叶对老虎说："我叫石玉叶，要到泰山后石坞黄花洞修炼。你们现在放我过去，等我修炼成功，就回来给你们盖一座庙。"听了玉叶的话，两只老虎对望一眼，向她点了点头，然后一只往东，一只往西，离开了中天门。玉叶一看老虎走远了，就继续往后石坞走去。

中天门伏虎庙（泰山景区供图）

后来，玉叶经过三年修炼，最终得道成仙，被封为"天仙玉女碧霞元君"。成了仙的玉叶没有忘记当初对两只老虎的承诺，于是来到中天门，在老虎趴伏的地方盖了一座庙，起名叫"伏虎庙"，也叫"二虎庙"。庙建好了，中天门的老虎也不再在这里伤害山民了。后来人们在这里建了一座牌坊，写上"伏虎庙"三个字，又在庙里塑上黑虎神像，希望黑虎神跟随碧霞元君，管理好其他的老虎，不要伤害百姓。

如今，虽然中天门伏虎庙已经不存在了，但是这个关于伏虎庙的传说还一直在民间流传着。

3. 石老人

压制洪峰送来汶河鱼虾

华夏大地上的大江大河基本都是从西往东流，最后注入大海。但是在齐鲁大地上却有一条河是从东往西流，汇入黄河，这条河就是大汶河。

很久以前，每年雨季来临时，大汶河洪水泛滥，两岸十里八村都被冲刷一空。可奇怪的是，这大汶河中竟然连鱼虾都没有。汶河沿岸的老百姓生活困苦，只能靠开荒种地为生。他们在洪水过后在泥地上耕种庄稼，赶在洪水来临之前收割，然后尽快转移到洪水淹不到的地方。

有一年，雨季又开始了，旧县村的村民正在加固村南门的围墙，借以阻挡即将到来的洪峰。眼看着大汶河的水越涨越高，马上都要涨到南大门了。有一天晚上，住在南门附近的村民听见哐当一声，好像有什么东西撞在了南门墙上。第二天一大早，周边的村民赶紧跑到南门看看什么情况，别是洪水把南墙给冲塌了。等大家赶到南门一看，都惊呆了，只见南门边上斜立着一块一人多高的巨石，上面竟然有一幅将军刻像。这将军威严英武，身披甲胄，手握宝剑，背负长弓。村民们立马炸了锅，议论纷纷。这时村里有些见识的老人说："传说泰山石敢当能辟邪驱魔，镇宅安民，这石头上刻的莫非就是石敢当石将军？"村民们立马又是一阵惊呼，有人说："老天爷开眼了，这是派来保卫旧县村的石将军啊。"村民们纷纷附和，嘴里喊着："石

旧县石老人造像（郭朋朋摄）

人老爷保佑啊！石人老爷保佑啊！"于是"石人老爷"的称呼就传开了。

没几天，大汶河洪峰就到了，滔滔的河水奔涌而来，时不时掀起一个个浪头，无情地冲击着堤岸和围墙。这天晚上，风雨交加，电闪雷鸣，大雨倾盆而下，大汶河里更是浪涛不断。村里的警钟和锣鼓彻夜不停，提醒着村民注意安全，随时准备撤离。大汶河上的浪一波高于一波，就在大洪峰即将冲进旧县村时，只见南门外金光一闪，一支利箭带着金光往上游飞去，急速射向高高跃起的洪峰。在利箭碰到洪峰的一刹那，洪峰立刻分崩离析，纷纷跌落。波涛汹涌的大汶河也渐渐归于平稳，洪水裹挟着泥沙向西奔涌，但再也没有疾风巨浪冲击沿岸村庄了。夜里看见这闪光的村民，立即沿村呼喊起来，这神奇的事情很快就传遍全村。各家各户都起来准备贡品，等到天一亮就赶到南门给"石人老爷"摆上贡品，感谢他射下洪峰，保卫了旧县村的安全。

洪水过后，汶河两岸一片狼藉，村民又开始重新整理土地，准备耕种。靠着河却只能种地，老百姓日子过得实在艰难。石老人看到后，就到东海龙王那里要来一些小鱼小虾，把它们撒在汶河里，过了几个月，这些鱼虾就长大了。沿岸的村民一看河里有鱼有虾了，就开始捕捞来做食物。大汶河里的鱼虾越来越多，于是有些村民就放弃耕种，专门下河捕捞，当起了渔民。沿岸的老百姓也能吃到新鲜的鱼虾了，生活得到了很大的改善。

人们为了感谢石老人为他们送来鱼虾、护佑村庄平安，就建了一座庙，把石老人供奉起来。如今，这座庙就矗立在旧县村南的汶河边。

4. 岱庙孤忠柏

石忠尽忠尽职

泰山脚下的岱庙，是古代帝王祭祀泰山神东岳大帝的地方。在岱庙的主体建筑天贶殿前的小露台上，有一棵古老的柏树生长在甬道的正中间。这棵柏树虽然外表普通，却是岱庙里最牛的一棵树了。多少年来，无论是王公大臣还是普通百姓，想要到天贶殿里拜拜泰山神，无一例外要在它的面前绕着走。这棵树还有一个奇特之处：在树身南面齐肩高的位置上，有

岱庙孤忠柏（泰安市博物馆供图）

一道长约半尺、深有数寸的伤痕，十分醒目。关于这棵树的来历，流传着一个颇有传奇色彩的故事。

当年武则天二次入宫后，唐高宗李治对她百依百顺，言听计从。武则天依仗着高宗李治对她的宠爱，使用计谋废掉王皇后，自己取而代之。传说高宗李治患有风疾，发作时头痛欲裂，难理朝政。每当这个时候，高宗就把百司奏章都交给武则天裁

决。武则天超人的政治才能由此得到充分展现，并深受李治的赏识和信任。不知不觉，武则天逐渐掌握了朝中大权。

武则天和高宗李治一共育有四个儿子。三儿子李显被册立为东宫太子后，慢慢有了自己的政治主见，开始对母亲武则天强势干预朝政心生不满。俗话说，没有不透风的墙。武则天知道此事后不禁勃然大怒，在她的眼中，自己的权威容不得丝毫挑衅。于是，武则天不顾骨肉之情，要治李显的罪。危急时刻，追随太子李显的大臣石忠闻讯后，在朝堂上为李显据理力争，当面痛斥武则天的乱政行为。武则天恼羞成怒，扬言要治石忠死罪。石忠毫不畏惧，他向前踏出一大步，扯开胸前的衣襟，大吼一声："太子清白，此心可鉴！"说完，拔过侍卫的刀剖开自己的胸腹，当场死于朝堂之上。石忠用自己的生命，保全了太子李显。

魏晋以后，人们普遍认为"生属长安，死属泰山"。石忠的魂魄飘飘悠悠来到泰山，泰山神对石忠的义举大加赞赏，称他是"孤忠之臣"，并把他化作一棵长寿的柏树，立在泰山神的大殿之前，后人便把它叫作"孤忠柏"。

现在，人们把孤忠柏上的"伤痕"，称作"福窝"。据说，在孤忠柏南十几米的扶桑石处，闭着眼睛，围着扶桑石顺时针转三圈，逆时针转三圈，然后再向北去摸孤忠柏上的福窝，如果你能摸得到，泰山神将赐福于你，你心中所想所求，就一定会实现。人们把这个小游戏叫作"摸福"。每天来摸福的游客络绎不绝，以至于福窝早已被摸得油光发亮，仿佛包浆了一样。

5. 席桥

秃尾巴老李帮宋真宗渡河

东平县接山镇席桥村的西边有一条汇河,河上有一座石桥,名叫"席桥"。当年宋真宗封禅泰山时路过此处,当地官员在石桥上铺垫草席迎接真宗的车辇,席桥的名字就由此而来。而在民间传说中,这座席桥却跟秃尾巴老李有关呢。

传说秃尾巴老李是条黑龙,常年住在汇河里,与周围的百姓相处得十分融洽。宋真宗东封泰山时途经此处,恰逢雨季来临,河水暴涨,车马无法通行。眼看封禅日期将近,宋真宗焦虑不安。

这一天晚上,宋真宗刚刚入睡,便梦见一个黑衣人前来献计:"皇上不必焦虑,明日你命人修一座席桥便可安心过河。"宋真宗问道:"何为席桥?""把苇席卷成桶状依次排开,用绳索在席间相连,上面再铺一层草席,就是席桥。"说完,黑衣人便化成一条黑龙腾空而去。

宋真宗醒后,立刻命人征集苇席扎桥,只用了不到半天的时间,一座横跨汇河的席桥便落成了。仪仗队护着真宗的车辇,大队人马浩浩荡荡地上了桥。说来也怪,这座用草席扎成的桥桥面平稳,不惧洪水,那么多的车马从上面经过竟然不摇不晃,围观百姓无不啧啧称奇。

宋真宗过河后,回头看向席桥,却发现桥下河水殷红。正惊异间,一条黑龙自河中翻滚而出,黑龙无尾,而断尾之处仍然有鲜血不停地涌出。原来汇河黑龙伏于席桥下帮助宋真宗过河，由于车辇太重，车轮把黑龙的尾巴给轧断了。从此黑龙老李就变成了秃尾巴老李。

后来山东连年大旱，为谋生计，大批山东人到山海关外谋生，秃尾巴老李也随着到了关东。为了争地盘，它与当地大江里坐镇的白龙打了一架。秃尾巴老李在山东老乡的帮助下打败了白龙，它所栖身的大江从此以后就被叫作黑龙江。

席桥（吴振东摄）

定居东北的山东人相信秃尾巴老李一定会保护老家人的安全，乘船过江时，如遇狂风大浪，只需站在船头大喊一声："我是山东人！"江面顿时会风平浪静。时间一长，各处江河的船公在开船前都会问一声："船上有没有山东人？"如果有，那这船一定会畅行无阻。即使有人冒充山东人，秃尾巴老李也会格外关照，保证船和人都平平安安。久而久之，也就有了黑龙江上"没有山东人不开船"的说法。

（二）民间故事

1. 丑皇后

无盐娘娘保齐王定天下

泰山东南三十里，有一座小山叫无盐山。相传两千多年前的战国时期，中国历史上有名的"四大丑女"之一、齐宣王的王后——钟无盐，就曾生活在这里。

钟无盐，原名钟离春，齐国无盐邑人。在民间流传的故事中，钟无盐的相貌被描述得奇丑无比：脑袋硕大，头发稀疏，头颅四周高、中间低，眼窝凹陷，鼻孔朝天，喉结粗大，身材高胖，皮肤漆黑。她的样子，让适婚男子望而却步，直至年过四十，钟无盐仍没有找到如意郎君。家里人都为她着急，可是志向高远、文武双全的钟无盐却毫不在意。当时执政齐国的齐宣王贪图享乐，大兴土木，生活奢侈腐化，百姓深受压迫，苦不堪言。为了劝诫齐宣王，施展自己的政治抱负，钟无盐决定前往齐都，面见齐宣王。

钟无盐穿着粗布衣裳，离开无盐山，来到齐都临淄城。她对王宫的守门官说："我是来自无盐邑的钟离春，一直仰慕大王的美德，我自愿服侍大王，哪怕让我到后宫里洒水扫地都可以。"门官见钟无盐衣着粗俗，相貌丑陋，根本就没把她放在眼里，不耐烦地挥手让她离开。钟无盐牢牢地站在宫门口，坚决不走。门官没有办法，只好禀报齐宣王，齐宣王答应召见。

门官把钟无盐引到齐宣王与群臣饮酒作乐的渐台。钟无盐将手举得高高的，轻轻地落下拍打着膝盖，口中一连重复四遍"危险啊，危险！"齐宣王和众臣子都不明白她是什么意思，一脸疑惑的样子。

钟无盐解释道："大王如今面临四个大的危险，难道您不知道吗？"齐宣王大吃一惊，问道："哪四个危险？快快讲给我听。"钟无盐缓缓说道："如今大王的齐国，外有秦楚两国虎视眈眈，内有奸佞当道人心涣散，大王您不册立太子，造成国本不安，这是第一个危险。"

齐宣王不由得暗暗点头，连忙追问道："那第二个危险呢？"钟无盐继续说道："您劳民伤财修建这高大的渐台，每天在这里聚会饮酒好不快活，百姓却因度日艰难而民怨沸腾，这是第二个危险。"

看着齐宣王渐渐陷入思考，钟无盐一鼓作气，继续说道："齐国的贤能之人隐匿于荒野山林，那些善于阿谀奉承之徒，您却把他们留在身边，敢于向您讲真话、提意见的人，根本就见不到您，这是第三个危险。大王您每天沉溺于酒色之中，对国家大事不管不问，这是第四个危险。"

钟无盐连珠炮似的一席话，如同当头棒喝，让齐宣王幡然醒悟。他按照钟无盐的提示，立即下令：拆除渐台，停止歌舞娱乐，清退身边的奸佞小人，选拔贤德人才，充实国库，操练军队。随后，齐宣王不仅册立了太子，同时还把钟无盐迎娶进宫，拜为齐国的王后。

在王后钟无盐的辅佐下，齐宣王彻底改变了往日的颓废享乐，他选用贤能，体恤百姓，壮大军事，发展经济，使齐国再次一天天强大起来。

如今，无盐山上修建起了玉虚宫，无盐娘娘的塑像被供奉在正殿正中。在广袤的齐鲁大地上，仍然流传着这样一句赞颂钟无盐的民谣："无盐娘娘生得丑，保着齐王坐江山。"

2. 棘梁山

水浒好汉齐聚义

棘梁山又名司里山、小梁山，位于东平县城西五十公里的戴庙乡境内，因山上遍生荆棘而得名。而它之所以出名，却与宋江、林冲等人在此聚义有关。

北宋末年，朝政混乱，民不聊生，农民起义军接连涌现，其中最著名的便是晁盖、宋江带领的"梁山好汉"了。

当年林冲被逼无路，由柴进推荐上了棘梁山，那时候棘梁山起义军的首领还是王伦。因为嫉贤妒能，心胸狭窄的王伦便不愿接纳林冲，碍于柴进的情面，又不得不收留他。但是王伦处处给林冲使绊子，令他十分难堪。

有一日，王伦送林冲到棘梁山西边的山峪中去，路上两人又起了冲突，等到坐船的时候，林冲趁王伦没有防备，抓住王伦的双腿，把他杀死。回去见到晁盖后，林冲愤愤不平地说道："王伦这厮，挑拨离间我们梁山兄弟，这般败类，在梁山就是臭虫一只，我已经解决了他！"晁盖一看事已至此，便安慰林冲道："林兄息怒，他已经为自己的行为付出了代价，你就不要再生气了，以免影响军心。"此后晁盖被推为首领，便把山寨的防卫指挥权交给林冲，由他全权负责。

林冲接手山寨防卫以后，很快就显示出了过人的才干，他知人善任，能充分激发每个人的才能，起义军一改王伦主政时死气沉沉的面貌。当时山寨有南门和西门两道防线，林冲命令时迁把守南门，李逵把守西门。西门外有一条曲折的石径，能直接通到山顶，旁边有一座大石龛，俗称"仙人洞"。当年李逵把守西门时，遇到雷雨天气来不及回寨，就躲到此处避雨。

晁盖等人稳固了棘梁山的根据地后，便逐渐开始招兵买马，扩大规模。他们在山顶上建了聚义厅，作为起义军重要将领开会的地方。又在聚义厅南边挖了一口深井，作为山上人马取水饮水之处。因为深井是由宋江主持挖成的，所以又名"宋江井"。

随着投奔棘梁山的人越来越多，再也不能只靠下山抢劫官府粮船度日了，起义军便在山顶上又修建了粮仓囤积粮食。棘梁山起义军的规模不断扩大，引起了官府的警觉，官府便派军队前来围剿。官军人数众多，起义军力量薄弱不能抵抗，便在宋江的带领下暂时下山躲避。官军打上山后，找不到起义军，只好一把火将粮仓烧掉，然后悻悻而去。至今棘梁山上还有当年起义军囤粮造饭、挖井建房的遗迹留存。

3. 宁阳颜子庙

二梁不在大梁上

在宁阳县城西北的鹤山乡泗皋村内，有一座元至元十二年（1275）修建的颜子庙，它的最大特色是"二梁不在大梁上"。说起这一特色，民间至今还流传着一个与此相关的故事呢。

颜氏家族并不是一开始就在泗皋村居住的，直到颜氏第五十二代孙颜仙、颜俊、颜和三支才移居到泗皋村，并在这里繁衍生息，日渐壮大。

元至元十二年（1275），颜氏第五十四代孙颜伟担任泰安州太平镇巡检。当时的颜伟在官场春风得意，从一介书生一路做到了泰安州太平镇巡检，这对于迁居不久的颜氏家族来说，起到了光耀门楣、维持家族影响力的重要作用。有"颜回后代"这样一个光荣的血统，又官场顺意，颜伟一时间觉得自己是"天选之子"，皆因祖宗保佑，才有如今的生活。因而，为了感谢祖先，颜伟萌发了在宁阳修建颜子庙供奉颜回的想法。

颜伟说干就干，开始四处选址。考虑到泗皋村北临汶河，南靠平原，风景秀丽，是创建祖庙的不二之选，于是决定就在这里建祖庙。颜伟先跟宁阳县报备，取得当地同意后，开始想办法解决资金问题。想来想去，颜伟决定前往京城上奏皇帝请求朝廷拨款。在他的委托下，一位颜姓官员带着颜伟的奏折前往京城。

这位颜姓官员觉得自己是颜子的后代，高人一大截似的，到了京城，依旧谁都不放在眼里。

一日早上，他随百官觐见皇帝，路上遇到一位官员，也姓颜。他一听，与自己是同族啊！赶紧过去攀谈："我是颜子第五十四代孙，您是哪系哪代？之前没听说过呢。"对方乃是当朝二品大员，淡淡地回答道："鄙人族源为鲁国陋巷，上五代迁居京城，五年前重修族谱时，也未与您相见。"

此言一出，山东这位颜姓官员瞠目结舌，一下子意识到自己人微言轻，颜家家族人才辈出，重修族谱这等大事是不会轮到和自己商量的。他哑口无言了，想到自己之前傲慢的态度，连连向对方道歉。

对方得知颜伟是为修建祖庙而来，既然同族同宗，就不愿跟他过于计较，依旧在皇帝面前为他说话。最终皇帝批准了颜伟的奏请，下旨拨款修建宁阳颜子庙。

山东这位颜姓官员回去后，把自己在京城的遭遇如实告诉了颜伟。颜伟在修建颜子庙的时候，兢兢业业，不敢马虎，用心研究建筑工艺。想到颜姓官员在京城面对同姓官员的尴尬，颜伟精心设计出"二梁不在大梁上"这一建筑结构，使六架平梁由横在大梁上的四架顺梁承托。这样，除了两山墙内的重梁以外，其余四架平梁均错出大梁。之所以设计这一结构，目的在于告诉大家"人外有人，天外有天"，任何人不可傲踞他人之上。

颜子庙复圣殿（徐承军摄）

经过多年的努力，

颜子庙终于建成了。这座建筑充分展现了中国古代建筑工艺的精湛技艺和深厚文化底蕴。如今，宁阳颜子庙已成为一处重要的文化遗址和旅游景点，吸引了大量的游客前来参观。它也是中国传统建筑工艺的重要代表之一，为后人留下了宝贵的文化遗产。

4. 空杏寺

刘秀吃到没核的杏

新莽末年，天下大乱，刘秀趁机率宗室子弟在南阳郡起兵。一路转战，大破莽军，队伍也逐渐壮大。

这一天，刘秀率部队经过今天肥城仪阳街道附近，当时正是麦黄时节，天气炎热，太阳晒得人直发晕。刘秀一行到了山边时，早已经干渴难耐了，看到前面不远处有座寺院，便想着去庙里找点水喝。

到了寺院，院子里静悄悄的，和尚们都外出化缘去了，偌大的寺院里种着两棵高大的杏树，结了满树黄澄澄的杏子。

刘秀看见寺院山门外有台阶通下去，不远处有一口井，心里头高兴，忙让兵士打井水来解渴，而自己就坐在杏树下乘凉。井水甘甜清冽，刘秀喝了个饱，顿时感觉舒服多了。于是便命令兵士暂时在寺中歇脚，等太阳落落再走，自己则走到杏树下的阴凉里打算睡一觉。

刚躺了一会儿，一只黄杏掉了下来，正砸在刘秀的脑袋旁边。刘秀扭头一看，杏已经熟透了，掉到地上便砸成了两半，香甜的汁水淌了一片。可奇怪的是，这个杏里居然没有杏核。刘秀好奇心大起，立刻坐起身来，让兵士们再打下几个杏掰开来看，竟然都没有核。尝了尝，杏味浓郁，酸甜可口。这时有和尚化缘回来，于是他就问寺院和杏树的来历。和尚说，寺院很早就有了，谁也说不清是什么时候建的。建寺的时候，这棵杏树就已经在这里了。这个寺院叫作涌泉寺，因为寺前有泉井一口，不论冬夏，不管旱涝，泉水不多不少，总保持在同一个水位，水质同样清澈。至于为什么杏没有核，那就没有人能说得清了。

刘秀听后，看看水井，再看看手中的黄杏，哈哈笑道："涌泉不如空杏，此树如此怪异，不如以后就叫空杏寺吧。"因为刘秀后来做了东汉的开国皇帝，所以这座寺院此后就被叫作"空杏寺"。

空杏寺山门（张毅摄）

空杏寺依山而建，由天王殿、东西偏殿、后大殿和西跨院组成。寺内古柏参天，寺周环境优美、清幽宜人，是个参禅修行的好地方。历史上，这座古寺曾与长清灵岩寺齐名。因为空杏寺的名气很大，后来形成的村庄便叫空杏寺村。

5. 无梁殿

谐音免赋税

传说有一年山东闹旱灾，万历皇帝到山东巡查，首辅大臣张居正和刑部尚书萧大亨一起陪同。万历皇帝的车驾正停在九省御道上歇着，他把萧大亨叫了来，说道："萧爱卿是泰安人，这附近有什么可看的历史遗迹吗？"萧大亨是土生土长的泰安人，虽官至刑部尚书，但是爱民如命，一路走来看到山东百姓饱受旱灾的折磨，心里无比沉重，听万历皇帝一问，遂生一计。于是，他回答道："皇上，这附近有一座非常独特的建筑，一墙之隔的风格极为不同。"万历皇帝一听，说道："什么建筑这么与众不同？萧爱卿赶紧带我们去看看吧。"

萧大亨带领着万历皇帝和张居正来到九省御道旁边的无梁殿村，一边走一边说："这座建筑叫无梁殿，建于元代。整座建筑呈八边形，殿顶没有一根横梁，只有插入地下的八根柱子支撑着整个大殿。大殿既像阁又像塔，就算是墙倒了，大殿也不会倒，是典型的'墙倒屋不塌'结构，因而得名'无梁殿'。这个村子也是因为'无梁殿'而得名。紧挨着无梁殿的西边，有一座碧霞元君行宫。"

无梁殿 （田承军供图）

191

说话间就到了无梁殿。

　　一圈逛下来，万历皇帝发现无梁殿造型别致，山墙西面的泰山行宫是重梁结构，而无梁殿里只有八根柱子，没有大梁。他小声说道："这座殿真奇怪，山西是重梁，山东则无梁！"萧大亨隔得近，听见万历皇帝这句话，赶紧扑通一声跪下，大呼："谢主隆恩！"万历皇帝非常诧异，问道："萧爱卿这是何意呀？"萧大亨说："启奏皇上，山西连年丰收，确实是应该纳重粮，而山东连年遭灾，百姓确实是无粮啊。"张居正明白了萧大亨的用意，也随声附和说："君无戏言呀，皇上。"万历皇帝很无奈，只好默认了，从此免去了山东数年的粮赋。

　　今天，虽然无梁殿村已经改名为"梨园村"，但是无梁殿仍然矗立在那里，诉说着曾经发生的故事。

6. 龟阴秋稼

是龟还是稼

　　在旧县村北边有一处山岭，横卧在田间，从远处看，横岭就像一只大乌龟匍匐在地上。人们称之为龟阴埠，也叫龟山。这龟阴埠的来历还挺神奇呢！

　　传说很久以前，大汶河每年泛滥，洪水把两岸的土地都淹没了，一片汪洋。洪水退去后，两岸都是厚厚的淤泥。有一年，大汶河又发大水，这次有一只巨龟不知道怎么走错了路，游到了汶河里。巨龟顺着汶河洪水一路漂下来，到了博城一带水势减缓，它就努力往洪水外游，可是水变浅了，土地又泥泞陷脚，巨龟更是动弹不得了。它索性就趴在那里休息一会儿，可一不小心睡着了。等它醒来，洪水退去，土地干结，它再也出不来了。虽然每年汶河照样泛滥，但是洪水再也没法将它冲出来了。

就这样，许多年过去了，巨龟变成了石龟。再后来，人们来到这里开荒种地，但是汶河泛滥让他们损失不小。于是人们自发在山岭上修建了一座塔，祈求神灵控制汶河洪水，减少对人们的伤害。原来这座塔是用黏土烧制的砖瓦建的，经不住大风大雨的侵袭。到了金明昌三年（1192），村民在李德元的号召下，用石头重新修盖了这座塔。重修之

龟阴秋稼（选自乾隆《泰安县志》）

后，李德元想请有名望的人写一篇记文，把功德传下去，于是就想到了安升卿。

安升卿自号三溪逸人，经常游山逛水，四处留题，徂徕山上就有不少他题写的刻石。李德元慕名而来，请他为石塔作记，安升卿欣然应允，做了一篇《石塔小记》，李德元又请人把记文刻到了石塔上。

后来，汶河泛滥减轻，洪水淹不到这些农田了。龟阴埠周边土壤肥沃，庄稼长得非常好，到了夏秋季节，麦田一片金黄，高粱地一片火红，远远望去美不胜收。明代时，各地流行八景文化，泰安将"龟阴秋稼"列入泰安八景。从此，"龟阴秋稼"就广为传布，成为人们津津乐道的故事。

7. 五鸡台

五知县断命案

肥城市孙伯镇汶河边上原先有一座碑亭，里面立着一通高大的石碑，上面刻着"五鸡台"三个大字。说起五鸡台，四里八乡没有不知道的。因为这个地方正处于五县交界之处，每到清晨，在这里就能听到五个县的鸡叫。是哪五个县呢？那便是西南的汶上，东南的宁阳，西边的东平，东边的泰安，还有北边的肥城。

五鸡台处于五县交界之地，既有好处也有坏处。好处是四里八乡的村民都到这里来赶集，五鸡台很快就成了乡邻来往聚集之地，格外热闹繁华。坏处呢，也很明显。因为有五个县搭界，出了事就都管又都不管，很容易扯皮。时间长了，就有了"五鸡台打死人不偿命"的说法。

有一年，这里还真出了一桩人命案。受害人的家属把状纸送到这个县，不收；再送到那个县，也不收。就这样五个县都递了状纸，却没有一个知县愿意过问。没办法，受害人的家属只好把状告到了知府衙门。知府一听很生气，便传令五个县的知县都到五鸡台来现场办案。

接到通知以后，五个县的知县便赶到了五鸡台共同验尸。五位知县中属肥城知县最年轻，其他四个知县便一起向知府进言道："大人请看，这名死者的头部朝北，头是人身上最重要的部位，北属肥城，应当由肥城知县来审理此案。"知府应许，命肥城知县上前验尸。肥城知县使了个眼色，便有两名仵作上前搬起死者的头颅上下左右地查看起来。一番检查下来，向知县禀报道："经小人现场勘验，死者脸部无伤，头顶无伤，后脑无伤。"说完顺手就把尸体使劲掀了一下。这一掀不要紧，把尸体给掀到汶上界内了。肥城知县立刻向知府禀报道："大人，本官已验尸完毕，头部完好无损，并无一丝伤痕。现在尸体在汶上界内，应由汶上知县审理，本县无权过问，请大人明察。"

汶上知县原以为没他什么事，就自顾自地跟身边人说着话，忽然听到肥城知县把官司推到了自己这边，还没来得及弄清楚怎么回事，其他三个知县已经一起附和了肥城知县的说法，认为应该由汶上知县来负责审理此案，知府也顺水推舟，把案子就交给了汶上。汶上知县有苦说不出，只好领了此案。

后来，汶上知县怕再碰到类似的麻烦事，宁愿把自己的地盘分给其他几个县，也不想沾五鸡台的边儿了。从此汶上在汶河以北就再也没有地盘了。也因为这个案子，当地又流传开了一种说法，叫作"宁走九江口，不在此地走"。

8. 肥城古城

只有两个门的古城

肥城这个名字最早源于境内的古肥子国，现在的王瓜店至潮泉一带是肥族人活动的中心地带。汉朝初期时把这片区域命名为"肥成"，北魏时改"成"为"城"，肥城这个名字就一直沿用下来。后来几经反复，到元代才又恢复了县级行政建制，以后就再也没有中断过。

肥城恢复建制以后，当时的城址就选在辛寨镇东北十五里的栾氏墓地。这个地方据说是块风水宝地，于是官府与栾氏商议由官方出资把墓地迁出，然后在那里建设一座土筑城池。所以，当地又有"先有栾家林，后有肥城城"的说法。

在古代，一座城池通常会设立东西南北四个城门，而肥城古城却只开了南北两个门，西门未设，东门虽有却常年紧闭，行旅不通。这是为什么呢？原因还得从一个传说故事说起。

传说肥城建城的时候，西边为陶山，山高坡陡，山上有许多幽深的洞穴，时间久了，洞穴里就藏匿了成精的妖怪，为害一方。县城刚刚建好的时候，城里突然莫名其妙地刮起了龙卷风，把刚建好的城池毁坏了一大半。当地传言，这是西边陶山的妖怪所为，如果城里开了西门，这些妖怪便变化成人形混入城内伤害人畜。这么一来，城西不但不能开门，还要种上桃林，在城墙上镶上大青石，画上神符来震慑妖怪。

刚解决完西门的问题，城里又出事了。县城修好不久，城里就爬满了蝎子、蚰蜒、蛇等让人害怕的毒虫。这些毒虫不知从何而来，赶不走，杀不绝，男女老幼日夜防范，唯恐它们溜进自己家里祸害家人。为此，百姓纷纷到县衙请愿，请求官府出面根除虫害。知县想了种种办法，可是毒虫杀死一批又来一批，怎么也杀不绝。知县无计可施，只好在城里城外到处张贴告示，悬赏赶跑毒虫的办法。

这一天，一位须发皆白的老人家走进了县衙，对知县说：

"出东门十多里就是谷山，此山虽然并不高大，但山中遍布溶洞沟壑，有很多毒虫隐藏在那里。如今城里开了东门，与谷山遥遥相对，城中人数众多，阳气旺盛，蛇蝎等物皆属阴性，受到城中阳气的惊扰，所以才会来到城中生事。若要驱赶这些毒虫，只需关闭东门，然后杀死城内的毒虫便可。东门关闭，此后便再无毒虫可进入城内，如此可保一方安宁。"知县听了老人的话，下令关闭东门，然后召集衙役和居民杀死了城内的毒虫，果然从此再无毒虫侵扰百姓。也就是从那时候开始，肥城古城就只开南北两个城门，而没有东西城门了。

四

红色泰安

泰安红色文化资源丰富，在中国共产党的领导下，这里先后爆发了徂徕山、泰西等抗日武装起义，诞生了一大批英勇抗敌的战斗英雄，为我国抗日战争和革命事业做出了重要贡献。他们始终保持着顽强的斗志和坚定的信念，为抗击外敌、解放中国奋斗不已。泰安红色故事承载着革命者们坚忍不拔的革命意志，展现了可歌可泣的民族精神和大义凛然的民族气节。

（一）英烈楷模

1. 杨静斋
为民打虎的抗日英雄

杨静斋在东平县乃至整个鲁西地区，都是个颇有影响的人物。清光绪十四年（1888），杨静斋出生于东平一个地主家庭，年轻时就经常参与社会进步活动，疾恶如仇、正直诚恳的性格使他得到了不少人的支持和拥护。

1928年，杨静斋被阳谷县的县长聘为"丞审"，帮助县府审理官司。阳谷县是一个穷困的小县，当地军阀横行，政令难行。家人和朋友们劝杨静斋不要去，他却认为，越是这样的地方，越需要有人去主持正义，以实现自己从小立下的"铲除世上不平事"的誓言。临行前，他对伯父说："景阳冈上出过老虎，阳谷城内出过'狼'，可是，在力量和正义面前还不是一命呜呼。我虽文弱，但凭着自己的忠贞，有千百万劳苦大众做后盾，即便'虎''狼'又有何惧？我要学习古人的精神，明知山有虎，偏向虎山行！"杨静斋是这样说的，也是这样做的。然而在县长和当地豪绅的夹击之下，他几经抗争终究报国无门，最终愤而辞职回到了家乡。

1937年底，日军飞机轰炸东平县城，杨静斋心急如焚，他与郭复先等人出钱出物，广泛宣传抗日，动员年轻人参加"中华民族解放先锋队"。当时，东平县教育局长耿仁山成立了政训股，企图控制爱国知识分子的抗日活动。他秘密策动县长姚孟源，以"抗日越境"的罪名逮捕了共产党员王伯谋和爱国知识分子田怀先并准备杀害他俩。杨静斋听说此事后，气得忽地站起来，一拍桌子，大喊道："抗日救国，何罪之有？忠烈受戮，天理何在！"说罢，愤然执笔，写下保状。第二天一早，杨静斋与郭复先冒着大雪赶赴县城，与姚孟源进行了面对面的说理斗争。在民族大义面前，姚孟源理屈词穷，无言以对，最终只好将王、田两人释放。

抗日的烈火锤炼着杨静斋。他曾对人断言："救中国者，非共产党莫属！"因此在各项工作中，他以强烈的爱国热情对中国共产党的活动给予大力支持。特别是1938年的夏天，日军占领东平县城以后，中共地下党员周持衡、邹鲁风分别出任国民党东平县长、秘书，杨静斋不辞劳苦，走东串西，发动东平湖西七、八、九区的区长，在政治上、经济上给周、邹以配合，有力地支持了抗日政权的工作。

1938年11月，中共泰西特委决定扩建成立十支队东进梯队，杨静斋等人分头深入湖区三个区队，动员说服他们参加改编。11月10日，山东省第六区游击第十支队东进梯队成立。陈伯衡司令员、刘星政委亲自来到杨堤口村对杨静斋表达谢意。杨静斋谦虚地说："国家兴亡，匹夫有责。值此强寇入侵、山河破碎之际，我岂能袖手旁观？你们鏖战沙场，出生入死，跟你们比起来，我出的这点力是微不足道的。"

由于杨静斋为抗日救亡和地方政权建设做出了卓越贡献，1940 年，杨静斋被选举为鲁西行政公署委员。此后，他以更大的热情投入抗日救国工作。1942 年，杨静斋到濮县、范县、观城县一带工作时，遭遇日军大扫荡，在激烈的战斗中，杨静斋不幸中弹牺牲，时年五十四岁。杨静斋烈士的遗体被安放在东平湖畔安民山麓，墓前有座高达三米的六面体墓碑，上面镌刻着四个刚劲有力的大字——名馨湖山。

2. 崔子明

泰西起义创传奇

崔子明出生于泰安市岱岳区夏张镇一个贫穷的家庭。1927 年大革命时期，崔子明在家乡组织农民协会，反对封建迷信，反对贪官污吏，在斗争中得到了锻炼。崔子明 1933 年入党，任泰安县二区区委书记。在党的领导下，他在夏张镇一带开展革命活动，由于叛徒出卖而被捕，在狱中组织领导了绝食斗争，并取得了胜利。1937 年卢沟桥事变后，经党的营救出狱，不久接上了党的关系，同年 10 月中旬参加了中共泰安临时县委在城南篦子店村召开的会议。根据省委指示，会议决定成立"山东人民抗日自卫团"，由程照轩任自卫团主席，崔子明任副主席。会议决定，以津浦铁路为界，路西由崔子明负责宣传抗日，发展党员，组织防卫队。后来山东省委派张北华、远静沧等同志先后到夏张镇同崔子明一起组建抗日武装。

1937 年 12 月 31 日，日军侵占泰城。1938 年 1 月 1 日凌晨，崔子明带领十余人，在夏张镇小学举行了抗日武装起义，并于当夜把起义队伍拉到盘龙山的鹁鸽崖山洞，点燃了泰西抗日斗争的星星之火。1938年1月12日，各抗日游击队在肥城县边院镇空杏寺汇集，成立"山东西区人民抗敌自卫团"，张北华任主席，远静沧任政治部主任，崔子明任第一大队指导员。从此，崔子明战斗在泰西，机智勇敢地与敌人斗争，成为一位带有传奇色彩的抗日英雄。

崔子明是活地图，部队作战转移到哪里去，都由他出主意。1938年1月16日夜，崔子明同张北华率部参加袭击肥城战斗，俘虏了"维持会"全部人员，处决了汉奸维持会长范维新，使人民群众看到了抗日救国的希望。攻打肥城胜利后，自卫团挑选六十名精干队员，由张北华、崔子明带领夜袭界首车站，张北华、崔子明和刘西歧勇敢闯进日军住处，用大刀砍死七八名日军，缴获两支崭新的日本三八式步枪，一支德国造马枪。这次战斗，打击了日本侵略者的嚣张气焰，振奋了泰西人民的抗战信心。这一年4月，在夏张镇建立了泰安（西）办事处，崔子明担任主任，直接指挥驻夏张镇周围的自卫团几个大队，开展对敌斗争。这时正值日军在台儿庄地区与中国军队会战，崔子明与马醒民、李正华研究后，决定立即率队星夜奔赴泰安城南黑虎泉，炸毁日军的列车，切断津浦铁路达一个星期的时间，有力地支援了台儿庄会战。

1939年5月，八路军115师政委罗荣桓、代师长陈光两位首长率主力部队来到泰西，在陆房战斗中粉碎了日军五千余人的合围袭击，崔子明率地方武装参加了突围战斗。崔子明召集的部队曾三次编入其他部队，受到罗荣桓政委表扬，称赞他是"泰西扩军的老母鸡"。崔子明又迅速成立了泰肥独立营，并任营长兼政委。由于他不断为主力部队输送新的兵员，泰西的干部和群众称赞他是"抗日的英雄""扩军的模范"。

泰西抗日武装起义纪念碑（张毅摄）

随着革命事业的蓬勃发展，崔子明先后担任了中共泰西地委委员兼敌工部部长、晋冀鲁豫野战军二纵队四旅副政委、第二野战军五兵团 17 军 51 师政委等职。新中国成立后，崔子明任中共贵州省贵阳地委书记、遵义地委书记、西南地质局局长兼党委书记、云南省地质局局长兼党委书记等职，为西南工业的发展做出重大贡献。1986年 1 月 17 日，崔子明病逝于昆明。

3. 于林甫

信仰之光照亮前行之路

1908 年 12 月 26 日，于林甫出生在东平县城书院街一个贫农的家庭里。于林甫小时候受到了良好的家庭教育，父母经常向他讲述苏武牧羊、岳飞抗金、文天祥誓死不降、戚继光大败倭寇、史可法抗清死守扬州城等爱国英雄的故事。这些故事就像一粒粒爱国主义思想的种子，深深地埋在于林甫幼小的心灵里，伴随着他的成长生根发芽，并影响了他的一生。

1928年，济南发生了"五三惨案"。正在省立第一师范读书的于林甫，目睹了日本侵略军杀害我国外交官蔡公时和许多爱国志士的恶行，激发起他抵外患、雪国耻的爱国之情。1930年，于林甫从省立第一师范毕业后回到了家乡，应聘到西菜园小学当教员。教学之余，他自己筹办夜校，担任义务教员，让穷人的孩子入夜校学习。1931年九一八事变爆发后，他怀着对日本侵略者的无比愤恨，在学校师生中揭露日军罪行，颂扬东北抗日义勇军的英勇事迹，并把自己保存的进步书刊介绍给师生们阅读。同时，他还组织带领学生到街上张贴抗日标语，教唱抗日歌曲，查禁日货。

1937年7月，卢沟桥事变爆发，日军发动了全面侵华战争，中华民族处于危急时刻。于林甫受工委派遣，在共产党员董临仪、万里、蒋典印、展庆琨等人的影响和带动下，一起为新文化书店捐款集资，购买进步书籍。从此，这个书店便成了进步青年秘密集结的据点。同时，于林甫由万里介绍光荣加入了中国共产党。

1937年10月，中共东平县工委成立，万里任书记，于林甫任组织委员，孟子明任宣传委员。在县工委的倡议下，东平县抗日救亡协会成立，于林甫受工委派遣，加入了这一群众组织，并当选为常务委员。1938年春，国民党东平县政府成立政训处，于林甫和其他一些共产党员应聘到政训处工作。在这里，于林甫还组建了政训处战地文艺工作团，经常到群众中演出抗战文艺节目，召开抗日武装动员大会。9 月，根据工委的分工，于林甫到八区区队对官兵进行了争取教育工作，终于将一百余人的八区区队改造成为抗日队伍。

1940 年 4 月，于林甫任东平县委组织部长兼敌工部长。他主动要求在自己的家中建立情报站，父亲于方华任情报站站长，母亲、妻子、十二岁的弟弟、七八岁的儿子都经常为情报站站岗放哨，传送情报，还经常护送过往干部。于林甫的家被誉为"抗战家庭"。

1942 年 9 月，于林甫任郓城县敌工部长。一天，他在自己居住的草屋里书写宣传材料时，被伪军家属发现并报告给郓城县汉奸队。11 月 7 日上午，他被郓城县汉奸队逮捕。伪军妄想从他身上得到郓城县党组织的一些情况，对于林甫威逼利诱，于林甫誓死不屈。年底，于林甫惨遭杀害。

坚强的革命战士、党的好儿子于林甫壮烈牺牲了。强烈的爱国主义情怀，坚定不移的信仰，使于林甫成为一名伟大的爱国主义战士。他的牺牲，更加激起了人民对敌人的仇恨和抗战到底的决心。他那甘把一切献给祖国的革命精神和坚强不屈的感人事迹，在人民心中永存。

4. 刘仲羽

东平湖畔擎旗人

1938 年，日寇占领下的东平县阴云密布，二十四岁的共产党员刘仲羽被泰西特委任命为中共东平县委书记，在极端困难的形势下，接过了领导东平人民抗日救亡的重担。

为了摸清情况，他多次深入伪顽势力猖獗、斗争尖锐复杂的三区开展工作，坚持把群运、建党等工作重点放在农村，动员群众开展反奸除霸、减租减息斗争，并在全县发动了"献枪运动"，号召大家有钱出钱、有枪出枪、有人出人，积极支持抗战。在他的带动下，仅一个村就收集了三十余支枪。在这期间，他广泛团结开明绅士、旧军政人员和知识分子，争取他们主动参与到抗战中来，为抗战做了许多有益的工作。

1940年秋天，刘仲羽到东平三区参加纪念九一八事变大会，当晚就住在了清水坦村。由于消息不慎走漏，次日凌晨，三区的汉奸区长焦元坤就率队包围了村子。敌人叫喊道："谁敢窝藏刘仲羽，我就把他们全家都杀光！"为了不连累无辜的百姓，刘仲羽毅然决然地站了出来："我就是刘仲羽。你们要抓的是我，我跟你们走，不要连累其他人。"敌人一拥而上，刘仲羽不幸被捕。

刘仲羽被捕后，被押送到东平县城，关进日军宪兵队的监狱。在狱中，他受尽了酷刑。党组织派人化装成亲属去看望他时，他对自己的同志说："请转告党组织，我知道该怎么做，怎样对付敌人。"当汉奸来对他进行劝降时，他拖着遍体鳞伤的身体怒斥道："我是共产党员，你没有资格跟我说话！想叫我当汉奸，那是白日做梦，比登天还难！"为了表明自己的决心和坚定意志，他在监狱的墙壁上写下了"铁窗难锁革命志，愿将热血献人民。皮鞭棍棒何所惧，誓把地狱翻转身"的誓言。

敌人用尽招数却一无所获，1941年初，荷枪实弹的刽子手把刘仲羽拉到了县城北门外的麦地里。面对敌人的枪口，刘仲羽从容地说道："我不能死在这里，这里是老百姓的麦地，共产党人绝不能糟蹋老百姓的庄稼！"他对聚拢过来的群众喊道："不要难过，乡亲们，要挺起胸膛跟着共产党走！他们可以杀了我一个人，但杀不尽千千万万的共产党人！"刘仲羽英勇无畏的气概深深感动了人民群众，当天夜里，人们就把赞颂、悼念烈士的挽联，贴在了北门附近的城墙上。那一年，刘仲羽只有二十七岁。

5. 陈秀英

抗日巾帼不惧严刑拷打

陈秀英烈士，泰安宁阳县东庄镇人，曾用名陈桂香，生于1919年5月15日。1938年8月参加革命，1940年光荣地加入中国共产党，1946年英勇就义。她用短暂的一生诠释了一名共产党员的初心和忠诚。

在短短二十三年的生命中，陈秀英把全部身心都投入了党的革命事业。1941年10月，陈秀英接受上级调令，到费北县（今平邑县）开展革命工作。此时，日军正在沂蒙山区进行"大扫荡"，她夙兴夜寐、夜以继日地组织群众藏好粮食和物资，空室清野；动员乡亲们挖地道、建哨点，武装起来反"扫荡"。11月6日，叛徒王善宝卑鄙无耻地出卖了陈秀英，她不幸被大土匪头子、日伪军司令、国民党新编三十六师师长刘黑七部逮捕。

伪营长尹殿堂抓到陈秀英后，见是一个年轻漂亮的"女八路"，十分开心，于是决定亲自上阵审讯，陈秀英始终守口如瓶，严守党的秘密，结果几次过堂仍然一无所获。尹殿堂又软硬兼施地逼迫她投降，她始终拒绝投降、拒绝出卖同志，只是要求敌人无条件释放自己。尹殿堂无奈，将陈秀英上交师部，给其主子刘黑七献了礼。

到了费南县北锅泉村匪师部军法处后，陈秀英被关进了特务营。伪自卫团团长孙安祥见陈秀英长得漂亮，便动了歪脑筋，一心想要陈秀英嫁给自己，可是陈秀英哪里会嫁给这种衣冠禽兽，每次见到孙安祥都义正词严地回绝。孙安祥不死心，安排特务营长孙宝灿一面对她严刑拷打，一面继续逼她嫁给自己。陈秀英面对严刑毫不畏惧，面对利诱不为所动。敌人恼羞成怒，用烧红的铁铲烙她的前胸后背和四肢，她疼得昏死过去。陈秀英被打得死去活来，遍体鳞伤，醒来以后，绝食以示抗议。匪徒们也担心把她折磨死后得不到情报，于是为了暂时缓和关系，就把她转到了村民赵太和家，并安排了一个班看押。被关押期间，她始终不忘同反动派做斗争，凡是能触及的地方，她都用石灰写下"打倒反动派、打倒刘黑七"等革命标语。

房东赵大娘对陈秀英深表同情，不仅劝她好好吃饭，调养好身体，还从老百姓善良朴素的角度出发对她说道："孩子啊，大娘知道你是打心眼里不愿意跟着他们，可现在没办法，你可以先答应下来，以后再想办法跑出去，也免得受这么大的罪啊。"陈秀英说："大娘，我知道您是好心，但我不能那样做。我是共产党员，是中国人，抗击日本侵略者何罪之有？共产党光明正大，说话算话，男女平等，婚姻自主；如果我答应下来，卖身求荣，不但人人唾骂，而且对不起党，对不起家人，苟且偷生又有什么意思？"赵大娘疼爱地说："孩子啊，大娘是怕你这一关难过啊，年纪轻轻的，多可惜。"陈秀英说："大娘，没关系，我们共产党人不怕牺牲，做人就是要有志气。"赵大娘暗暗钦佩，但总怕她出意外。

敌人的耐心是有限的，在耍尽各种手段后，见陈秀英仍然宁死不屈，匪首刘黑七失去了耐心，命令特务连长李占元向陈秀英下毒手。1942 年 3 月 24 日，李占元押着陈秀英来到北锅泉村西北角岭事先挖好的土坑边，陈秀英视死如归，痛骂敌人，高唱着国际歌从容跳进土坑，慨然赴死。在生命的最后一刻，她高呼："打倒日本帝国主义！打倒汉奸土匪刘黑七！中华民族解放万岁！中国妇女解放万岁！中国共产党万岁！"

陈秀英从容就义，年仅二十三岁。她在最美好的年华失去了生命，但是她的精神永在、浩气长存！

（二）革命风云

1. 总理奉安纪念碑

全国仅存的总理奉安碑

1929 年 3 月，由祖籍泰安东平的吕彦直设计的中山陵竣工。1929 年 5 月 15 日 18 时 45 分，一列从南京出发，前往北平迎接孙中山灵柩的专列，缓缓驶进山东省临时省会泰安的火车站，火车头嘶嘶地吐出一长串白气，稳稳地停靠在站台上。未等车厢门打开，等候已久的山东省政府及社会团体、民众的代表们，就一起聚拢过来。随着指挥一声令下，排列整齐的军乐队，奏响了音乐，鼓声沉稳，号声嘹亮。经过短暂的停留，专列继续北上，聚集在车站大操场的数万迎接民众，在军乐队的引导下，举行了纪念孙中山的游艺会。5月26日，孙中山灵柩由北平碧云寺起灵南下，27日专列过泰安，泰安民众上万人在火车站举行盛大仪式，送孙中山先生过境。6月1日，总理奉安大典在中山陵举行。奉安，是古代帝王或圣贤灵柩安葬时的专用名词。

孙中山先生虽然没有来过泰山，但是泰山给他留下了深刻的印象。1912年中华民国成立之时，孙中山发布临时大总统《告海陆军士文》中，就曾引用泰山，以"拥树民国，立于泰山磐石之安"的语句，鼓舞士气，振奋人心。

为纪念孙中山先生，当时的山东省政府及各界人士，于总理奉安大典之日，即1929年6月1日，在泰山红门路登山古御道上建立总理奉安纪念碑。纪念碑由碑体、碑首和碑座三部分组成，碑座下的十二角图案代表国民党党徽，五棱形碑体代表孙中山制定的立法、行政、司法、考试、监察的五权宪法，三棱形碑首象征孙中山倡导的民族、民权、民生的三民主义。石碑正面上部刻有"总理奉安纪念碑"七个隶书大字，下面是孙中山先生的遗嘱："余致力国民革命凡四十年，其目的在求中国之自由平等。积四十年之经验，深知欲达此目的，必须唤起民众及联合世界上以平等待我之民族，共同奋斗。现在革命尚未成功，凡我同志，务须依照余所著《建国方略》《建国大纲》《三民主义》及《第一次全国代表大会宣言》

，继续努力，以求贯彻。最近主张开国民会议及废除不平等条约，尤须于最短期间促其实现。是所至嘱。"细细品读，更能了解孙中山先生实现民族独立、中华民族复兴的革命理想。

　　1929年6月，孙中山先生安葬南京中山陵的时候，全国各地曾立5座总理奉安纪念碑：北京2座、武汉1座、上海1座、泰安1座。但历经抗日及战乱，多被毁坏。时至今日，只有泰安的这座总理奉安纪念碑，仍然矗立在泰山的怀抱之中。

2. 泰山革命烈士纪念碑

铸就丰功伟绩的英雄们

　　1946年6月7日22时，一阵激烈的枪炮声打破了泰安城的宁静，新四军第一纵队攻打泰安的战斗正式打响。新四军第一纵队一旅、三旅在鲁中军区地方武装的配合下，向泰安守敌发起攻击。盘踞在泰安的国民党守城部队，在泰充警备司令宁春林的指挥下，负隅顽抗。霎时间，泰安城外枪炮齐鸣，杀声震天。

　　新四军很快占领了敌人的前沿阵地，敌人退守西关制高点天主教堂房顶，用机枪封锁住了房前的开阔地。我军的指挥员马上调集轻重机枪、六〇炮，压制敌人的火力。特级战斗英雄杨根思也参加了这次战斗，他当时是一名普通战士。杨根思穿着塞满手榴弹的"背弹衣"，飞速穿过开阔地，冲到敌人的屋檐下。班长吴春林带领战士紧跟着冲过去，用十字镐砍砸紧闭的大门。为了掩护战友，杨根思接连甩出手榴弹，炸得敌人鬼哭狼嚎，战士们趁势破门而入。天主教堂里的敌人拼死抵抗，一颗子弹击中了杨根思的脸部，瞬间他满脸是血。双眼都被包扎起来的杨根思并没有撤出战斗，他凭着过硬的本领，在班长的指挥下，扔出的两颗手榴弹都精准命中目标。最终，杨根思用十八颗手榴弹助攻，我军终于拿下了泰城的制高点——天主教堂。此战之后，杨根思首获团"战斗英雄"称号。

　　6月8日16时，新四军攻城部队全部肃清西关国民党军，直逼城下，敌军被迫撤入城内。10日18时，新四军第一纵队第三旅向城内的敌人发起总攻。在十几门火炮的怒吼声中，敌人的炮楼、城墙工事被炸得七零八落。各路担任突击任务的指战员们，如猛虎下山一样，迅猛地冲到城墙下，冒着敌人的枪弹架梯攻城，八团二营四连杨丹全突击小组率先将红旗插上泰安西门城头。随后，一营、四营及九团都先后突击进入城内。10日22时，进入城内的新四军各部将残敌包围在岱庙内。新四军八团实施正面突击，连续爆破。在我军强大的军事和政治攻势下，残敌土崩瓦解，除宁春霖率少数亲信由岱庙东北角秘密地道出城逃跑外，余敌全部被歼。

经过三天四夜的激战，新四军全歼泰安守敌四千余人，古老的泰安城第一次获得解放。在这次战斗中，新四军一纵一旅参谋长邱玉权及二百余位指战员壮烈牺牲。攻克泰安，是新四军北上山东后取得的第一次大捷。

泰山革命烈士纪念碑（路秋生摄）

泰城解放后，为纪念第一次泰安解放时英勇牺牲的新四军一纵三旅的指战员，修建了泰山革命烈士纪念碑。1947年，国民党重点进攻山东时，纪念碑被毁。1953年又重新竖立。

泰山革命烈士纪念碑上，刻有新四军一纵三旅政委何克希撰写的《烈士纪念碑志》。碑文最后写道："泰山往昔用示统治地位永存，而今而后则更象征人民不朽，为人民解放事业而奋斗牺牲的烈士们精神不死！"青山不改，绿水长流。革命烈士，永垂不朽！

3. 陆房战斗

顺利突围破敌阴谋

1939年3月初，八路军第115师代师长陈光、政委罗荣桓率领师部、直属队及686团，以八路军东进支队的名义挺进山东开辟抗日根据地。5月11日，我军在陆房山区与日军打了一场突围战。

当时日军驻山东最高指挥官、第十二军司令官尾高龟藏纠集了日伪军 5000 余人，配备汽车、装甲车 100 余辆，大炮 100 余门，分 9 路向泰肥山区合围，妄图一举消灭这支抗日武装。115 师师部、直属队、686 团、津浦支队及中共鲁西区委和泰西地委共 3000 余人，被日军围困在陆房山区方圆不足 10 平方公里的狭小区域内。八路军战士浴血奋战，打退了敌人一次又一次疯狂进攻，子弹没了，就用刺刀刺，用枪托砸，枪托砸断了，就抱住敌人滚下山崖，誓死不让敌人前进半步。激烈的战斗整整持续了一天，我军已到了弹尽粮绝的地步。随着夜幕的降临，日军开始收缩兵力。陈光决定利用黑夜的掩护，带领部队突出重围。晚上 10 点多，我军开始分 3 路突围，在当地群众向导的带领下，绕着村庄抄小道行进，到 12 日凌晨，全部跳出了敌人的包围圈。

115 师突出重围之后，日军对八路军进行了追击，并对当地村民进行了残忍的报复。幸存的村民搀扶着受伤的战士躲到了山上一处隐蔽的石洞里，东界首村的胡树宝夫妇抱着八个月大的女儿也在里面。一天没吃上东西，孩子饿得直哭。夫妇俩怕被搜山的鬼子听见，便用衣裳把孩子紧紧地包起来搂在怀里。夫妇俩颤抖着搂在一起，洞里所有的人都屏住了呼吸，唯恐有一点声音泄漏出去。不知道过了多久，有胆大的村民悄悄摸到洞口，拨开野草张望了一阵，才扭过头来压低声音说道："鬼子走了。"洞内所有的人都松了一口气，胡树宝夫妇也缓缓松开了压麻的胳膊，可是，他们却悲伤地发现，女儿已经没有了呼吸。

在陆房突围战中，陆房的百姓宁可家园被毁、亲人罹难，仍然冒着生命危险掩护了 76 名八路军伤员。毛主席说："真正的铜墙铁壁是什么？是群众，是千百万真心实意拥护革命的群众。"陆房人民用实际行动对这句话做出了完美的诠释。

陆房突围胜利纪念馆（肥城市陆房红色教育基地管理中心供图）

陆房突围，八路军以伤亡 200 余人的代价，毙伤日伪军 1300 余人，创造了抗战史上以少胜多的辉煌战例，狠狠打击了日寇的嚣张气焰，坚定了中国人民抗战必胜的信心。

如今，在肥城陆房红色教育基地的无名烈士广场上，矗立着一面特殊的墙壁，上面安放着 178 位在陆房突围战中牺牲的八路军战士的骨灰。每年清明，总会有不少群众自发来到这里扫墓，缅怀这些为抗日救国而牺牲的英烈。

4. 华野指挥部

小村庄里指挥大战役

宁阳东疏镇上有一个两千余人的小村庄，名叫大伯集村。村子虽不大，地理位置却很重要，它处于济南和徐州的中间地带，在鲁中南多山地区是少有的平原村落。村里虽然人不多，但自明清时期这里就形成了一个小型集市，是周围十几个村庄的中心。这个村庄虽小，却在解放战争史上具有不同寻常的意义。

1948年8月，华野主力各纵队胜利会师鲁中南、鲁西南地区，攻取济南、彻底消灭山东境内国民党军队的条件已经成熟。9月6日，华野代司令员兼代政委粟裕进驻大伯集村崔家大院，在这里设立了攻济打援指挥部。粟裕和其他几位首长白天在村里办公，夜晚则分散到周围村子里住宿。当时敌军侦察机曾多次飞临该地区进行侦察，可他们万万没想到，这个只有两千余人的小村庄居然会成为攻济打援指挥部的设立地。

按照既定作战方针，9月上旬，华野攻城西集团和东集团分别由济宁、汶上和泰安、莱芜等地向济南隐蔽开进。9月16日午夜，攻城部队全线展开攻击，敌军王耀武部各线吃紧。为了防止王耀武部突围，粟裕命令攻城集团迅速向商埠和城垣发起攻击，同时，详细研究了徐州国民党军北援情况，进一步修订了作战方案，命令各地方武装和民兵控制要道，加强警戒，防敌突逃。

战役进行期间，粟裕坐镇大伯集，严密监视中原战场上的国民党军队，及时策应华野作战。9 月 24 日，济南被攻克。华野攻城部队经过八个昼夜的连续作战，取得了歼灭国民党军十万余人的重大胜利，并俘获大批重要将领。自此，华东、华北两大解放区连成一片，沉重打击了国民党军企图坚守大城市的野心。中共中央在 9 月 29 日致华东军区、华东野战军的贺电中指出，济南战役"是两年多革命战争发展中给予敌人最严重的打击之一"。

就在济南战役即将胜利之时，粟裕司令员已经开始了要在江北打一场大战役的构想。他在大伯集写下了"建议立即进行淮海战役"的加急电报发往中央军委，中央军委经过慎重考虑，于 25 日复电同意了他

华东野战军司令部指挥部旧址（东疏镇人民政府供图）

的建议。1948 年 11 月 6 日晚，淮海战役正式打响，至 1949 年 1 月 10 日结束，是"三大战役"中规模最大的战役。

如今走进攻济打援指挥部旧址，粟裕当年工作和生活中使用过的物品仍保存完好，大伯集这个小小的村庄也随着济南战役的胜利而被更多人所熟知。

参考文献

[1] 杜尊春主编：《肥城五千年》，现代出版社 2016 年版。

[2] 郭笃凌等主编：《泰安历代良吏传》，中国文史出版社 2021 年版。

[3] 韩学锋主编：《齐风鲁韵起华章：新泰故事》，山东教育出版社 2017 年版。

[4] 何敬鹏主编：《肥城文化通览》，泰山出版社 2012 年版。

[5] 贾志秋主编：《泰山文化社会科学普及读物丛书》，山东人民出版社 2018 年版。

[6] 马辉主编：《泰安英烈故事》，山东人民出版社 2021 年版。

[7] 苗明峻主编：《魅力宁阳系列文化丛书》，山东人民出版社 2009 年版。

[8] 瞿庆复主编：《东平地名故事》，泰安市新闻出版局内部资料 2006 年准印。

[9] 单传海主编：《文化肥城》丛书，山东人民出版社 2011 年版。

[10] 山东省文物管理处、济南市博物馆编：《大汶口——新石器时代墓葬发掘报告》，文物出版社1974年版。

[11] 山东省文物考古研究所编：《大汶口续集——大汶口遗址第二、三次发掘报告》，科学出版社1997年版。

[12] 田承军著：《泰安纪事》，山东画报出版社2009年版。

[13] 王文霞、刘麦林著：《东平古代名人传奇》，山东人民出版社2010年版。

[14] 王尹成主编：《新泰文化大观》，齐鲁书社1995年版。

[15] 徐金瑞主编：《宁阳大禹》，山东人民出版社2011年版。

[16] 张用衡著：《泰山石刻全解》，山东友谊出版社2015年版。

[17] 钟长泉主编：《中国泰山封禅御宴文化》，中国轻工业出版社2020年版。

[18] 泰安市地方史志编纂委员会编：《泰安历史文化遗迹志》，方志出版社2011年版。

后　记

　　《丛书》（下编）的编纂，是在中共山东省委宣传部直接领导下完成的。省委常委、宣传部部长白玉刚同志统筹策划部署，并担任编委会主任，多次主持召开编委会会议，提出明确目标要求和指导意见。省委宣传部分管日常工作的副部长、省文明办主任、省新闻办主任袭艳春同志对本书的立项出版、风格设计等方面提出了许多宝贵意见。在魏长民、毕司东、程守田、张同海、冷兴邦等同志的大力指导支持下，以教育部人文社科重点研究基地山东师范大学齐鲁文化研究院为学术挂靠单位，组建了《丛书》编纂学术委员会，具体负责编纂学术指导、质量把关、终审定稿工作。山东师范大学特聘资深教授王志民任主任，山东大学儒学高等研究院教授杨朝明、中共山东省委党史研究院原一级巡视员韩延明、鲁东大学原副校长刘焕阳、山东齐鲁师范学院原副院长刘德增任副主任。

　　《丛书》（下编）为每市一卷共16卷，都列为山东省社科规划一般项目。在省委宣传部统一领导下，各市委宣传部负责本市卷的具体组织编纂工作。《丛书》编纂学术委员会制定了统一的《编撰体例》《编撰指导意见》；在主任全面负责下，分为 4 个片区,各由一名副主任作为首席专家具体指导,杨朝明教授:淄博、泰安、济宁、枣庄;韩延明教授:潍坊、临沂、日照、菏泽;刘焕阳教授:青岛、威海、烟台、东营;刘德增教授:济南、聊城、德州、滨州。各市委宣传部认真落实省委宣传部、编纂学术委员会的部署,大力支持编纂工作,组织有关部门与专家对提纲设计、样稿研讨、通稿定稿等关键环节,反复研讨、审议;各片区进行了多次研讨交流,相互借鉴,取长补短;各卷主编和全体编纂人员团结合作、齐心协力,付出了艰辛劳动。山东文艺出版社提前介入,对编纂工作和撰稿体例等提出了许多宝贵意见。在此,我们谨向为《丛书》编纂付出心血的各位领导、专家、作者和所有相关同志们表示诚挚感谢!

本册编纂,得到首席专家杨朝明教授悉心指导,中共泰安市委常委、宣传部部长王爱新同志,市委宣传部分管日常工作的副部长雷建民同志、副部长王艳艳同志,泰安市文化和旅游局党组书记李洪洲同志、局长朱丽同志给予多方关心支持;本市张琰、田承军、刘兴顺、封彦君、张磊、范广超、耿赟、亓文豪等同志提出诸多意见和建议。主编郭朋朋全面负责本册的编纂工作。具体撰稿分工(按撰写篇目数量排序)如下:张莹、谢方军、王子正史。

由于学识水平与编纂时间所限,不足之处在所难免,敬请专家和读者批评指正。

编者

2023 年 8 月